中国文学小史

大家小史

胡怀琛——著

中国经济出版社
CHINA ECONOMIC PUBLISHING HOUSE
·北京·

编者的话

20世纪初的中国，正值西方文化猛烈冲击中国传统文化的时期。在这种情况下，如何继承与发展中国传统文化成为一个重要且必要的课题。

一批旨在宣传中国传统文化的著作喷涌而出，而这些著作由于产生时代的特殊性，不仅具有普及中国传统文化的作用，更能看出20世纪文人对文化有着怎样的思考。

为此，编者特别策划这套“大家小史”，以展现中国传统文化的多样性和丰富内涵。“大家”，即每册书的作者都是20世纪较有名气且在自己所处领域有所建树的人；“小史”，即每册书的内容都是按照历史顺序排列，且篇幅相对短。

本书原题《中国文学史概要》，初版于1931年，是胡怀琛为初学者而作的中国文学史入门书。

由于时代不同，书中一些旧提法，如今已不再使用，编者仍保持原貌，以不失作者原意及时代特色；作者观点不代表出版方立场，望读者明鉴。另外，某些字词及标点符号的使用与现今有所不同，编者为照顾现代读者的阅读体验，对部分原文进行了改动。原文字词按照《现代汉语词典（第7版）》进行统一，如“叫做”改为“叫作”、“人材”改为“人才”；原文标点符号按照《标点符号用法》（GB/T 15834—2011）进行修正；书中民国纪年按中华民国成立起算，如民国元年为1912年，民国二年为1913年，以此类推，正文中不再注明。

目 录

序

我把这本书编完之后，觉得有几句话，须对读者声明的，现在把它们逐条写在这里，说是序也可以的，说是例言也可以的。

一、划界的问题

中国最早的几部文学史，如林传甲的文学史、谢无量的文学史，都没有把界限划清楚。在他们著书的时候，思想是这样，这也难怪他们如此。现在凡是读文学史的人都知道这样是不对的，也用不着我再来说。不过我要声明一句：我在这本书里，对于不是文学的作品，有时候也说到。是因为它的本身虽然不是文学，却和文学有密切的关系，所以把它提起。但是界限仍是很清楚，不至于使读者误认。

二、搜罗材料的问题

照一般人说，搜罗材料是要愈多愈好，愈珍贵少见的愈好。不过我要声明一句：我这本书，是预备初步的人读的，所有供我自己参考的材料，往往不能把它充分地放在里面。这本书是希望初学的人，对于中国文学史先得到一个大概的情形。如要再进一步，可以再读他种书；如不求再进一步，有了这点知识，对于中国文学的各方面所知道的，却很平均，并非限于一隅，详于此而略于彼。目前有许多人主张只研究一个小范围里的问题，以为必须如此然后可以精。这话是不错的。但是必须先有了一般的知识以后，再去研究一个小问题；并不是说，把一般的知识不要，只去研究一个小问题就够了。初学的人往往误会了这个意思。所以有些读文学史的人，对于词或是对于曲，所读的书是很多的，却是对于诗的知识完全没有。这样，结果一定是不好。照我个人的意见，像这样的一本通史，是必须先读的。读了以后，再向小范围里去研究。我这本书，就是预备供给这种需要而作的。我的计划是先编这一本通史，以后再把文学史内的各部分分开来，各编一本专史。如小说史、诗歌史之类。我的计划是如此，成不成还不能预料，不过这本通史取材的标准是如此的，不得不连带把这个意思向读者声明一下。我编这本书，不是初步必需的材料，虽然有些已搜罗到了，也不把它编入，只好留在后头作专史用。

三、审别材料的问题

材料应当要经过严密的审查，这是无论通史、专史，是一样的。这一层我也很注意。绝对不可信的材料，一概不取。但是有可疑的地方，却用存疑的态度，把它采取了，而说明这是可疑的。一方面不因袭旧说，一方面也不敢武断地把它取消。或遇一个问题，现时还在讨论，没有解决的，我把各方面的话都采取来，把各方面重要的理由都附记下来，告诉读者。不敢以我个人的主观，主张任何一说。

四、分期的问题

现在有许多人说：作文学史，不当用旧的政治上的时期来分期。如汉魏文学、唐代文学等，是不适用的。应当照文学的本身来分期，假定如诗的黄金时代、词的极盛时代，等等。然我以为这种分法空谈未尝不好听，但是事实上是很不适宜的。例如诗的黄金时代，大概是指唐代，然而唐代除了诗，还有许多可记述的事情，最重要的是散文的盛行、传奇的创作等，在文学史上都是极重要，而不是诗所能包括的。倘然题为诗的黄金时代，这些话就无处可以位置了。也有人说：每一个时代只拣一两种代表的作品说说，其他可以不必提起。这话也不对。我们是在讲文学史，文学史是历史的性质，历史不管是好事、坏事，只要有重大关系的，都要照实记下来。倘然只拣几件好的事记记，把不好的事情一概不记，这不是好历史。一般的历史是这样，文学史也是这样。所以只取一两种作品为一个时期的代表，这一说是不通的，是违背了历史的原则。我的意见，另划时期，极不容易，所以还是以政治上的时代为大纲，再将文学作品分为若干细目去讲，如此，比较的清楚，而且比较的完备。现在我就是采用这种法子。我必须向读者声明：这一点并不是我的头脑陈旧，打不破成见。

五、行文的问题

关于行文的问题，作者也有声明的必要。比较旧一点的人，行文喜欢古雅，却是害人不浅。我亲见某文学史上有“三侯歌”三字，许多的读者都读不懂，把《辞源》翻完了，也翻不着。其实，毫无意思，原来它就是《大风歌》。作者偏喜欢用这个别名，害得读者费许多无益的脑力去思索，费许多无益的时间去检查，就说查出来了，也不过是这么一回事。他用这一个别称，不能增加文学史丝毫好处。这又何苦！这是一个例。以外如人名、地名，也往往是如此。这种旧的弊病，知道的人是很多，不用我多说了。至如偏于新的，也有一点，据我个人的意见看来，是很不好的。就是喜欢用活泼有兴趣的文字，称为“艺术化”，把条理清楚的写法，称为“记账式”。却不知文学史是历史的一部分，历史本是一笔账，只要管账先生把一本账簿记得清清楚楚，收支的数目准确，年月分明，那就是好账房。经艺术化，就容易使人寻不着头脑。艺术化固然有艺术化的好处，但是不能用它来写历史。历史的写法，不妨是机械的。所以我这本书的写法，还是用我的“记账法”，把它一条一条分析得很清楚，记载得很明白，以便查账的人一目了然。再有几条关于行文的标准，也一并向读者说明如下。（1）地名，都是记载到何时代，就用当时的地名，大抵都用正式的地名，而不用别称。（2）人名，一律称名。如李白只称李白，不是忽然又称太白；杜甫只称杜甫，不是忽然又称少陵。在第十一章以前，只有一二处不在此例。但系极熟之人，不致引起误会。至于此人的字号、别称，另把它在“作者的故事”里记载着，第十一章、第十二章。读者仍可以参考。我以为这样写法，可以免去读者若干疑问，不至于发生“这是两人或是一人”的问题。（3）遇着特别的地方，有必须说明的，必在本文下用注说明，以便读者，免得他思索或检查。（4）第十一、第十二两章，行文和前各章略有不同，理由详见于第十一章第一节前面，读者可以参考。

六、附图表的问题

关于这个问题，分开两层来讲。第一是附图。我觉文学史有附图的必要。现在已采用几种有相当价值的图，附在前面。第二是附表。我也以为文学史有附表的必要。不过这本通史中并没有附，我是预备以后附在专史中分附各表，或者在各专史之外，别附一册，完全是表。

以上把我应该声明的话说完了，这一篇序（或例言）也就可以结束了。至于书中疏忽之处，还要请读者指教！

民国二十年，二月，胡怀琛自序

第一章

总论

一、何谓文学

我们要研究中国文学史，要先问何谓文学史。要问何谓文学史，又要先问何谓文学。何谓文学？这个问题很难答复。在中国旧书里固然不曾正式地把文学定一个界说，就是偶然说到文字或文学二字，它们的注解也彼此不同，它们不是说得太狭了，就是说得太宽了，有的竟是不对。

如《易经》云：

物相杂，故曰文。

《系辞》下

《说文》云：

文，错画也。

（文部）

它们的意思是说：各样的东西综杂交错，就是文。换一句话说：不是单调的就叫文。这个界说是太狭了，也可以说是不对。

又如《文心雕龙》云：

文之为德也大矣，与天地并生者，何哉？夫玄黄色杂，方圆体分，日月叠璧，以垂丽天之象；山川焕绮，以铺理地之形……傍及万品，动植皆文，龙凤以藻绘呈瑞，虎豹以炳蔚凝姿；云霞雕色，有逾画工之妙；草木贲华，无待锦匠之奇。夫岂外饰，盖自然耳。至于林籁结响，调如竽瑟；泉石激韵，和若球锽。故形立则章成矣，声发则文生矣。

《原道篇》

它所说的“玄黄色杂，方圆体分”“龙凤以藻绘呈瑞，虎豹以炳蔚凝姿”等话，仍旧是“物相杂，故曰文”“文，错画也”的老调。不过它的意思说：宇宙以内，无论什么都是文。除了文就没有旁的事了。这个文的界说又未免太宽了，也可以说是不对。

此外，再有许多“文”字的注解，如所谓“无韵者‘笔’也，有韵者‘文’也”，见《文心雕龙·总术篇》。如所谓“文以载道”，见周敦颐《通书》。种种说法，难以遍举。总之，是不对罢了。

西洋人的文学界说也不一致。何为文学，也难寻出一个适当的答案。现在姑且照我个人的意见，把它定一个界说如下：

人们蕴蓄在心内的情感，用艺术化的方法，或自然化的方法，表现出来，是谓文学。而所用的工具，并不限定是文字。

这个界说如不加说明，还是难懂。现在详细地说明如下：

（1）文学的实质是情感。这句话已经一切谈文学的人所公认了，不必再加说明。但情感是在内的，人家看不见、听不见的，必须发表出来，使之有形或有声，然后能成为一种作品。

（2）要发表情感必须用工具及方法。所用的工具大概是文字，然亦不必限定是文字。如唱在口上的诗歌，就全不是文字。如演在剧场上的戏剧，也全不是文字。诗歌可说是用语言，戏剧可说是用语言兼动作。用了工具，也不是胡乱地发表出来就能成为文学作品，于是须讲方法。

（3）发表的方法有二：其一，是艺术化的。就是经过适当的修饰。如柳宗元的诗“岭树重遮千里目，江流曲似九回肠”就是一个例。其二，是自然化的。就是纯任自然，不假人力，而做到超妙的地步，与自然之工同化。如陶渊明的诗“采菊东篱下，悠然见南山”就是一个例。

（4）蕴蓄在内的，我们假定称为实质；发表在外的，我们假定称为形式。实质譬如材料，形式譬如已造成的物品，由材料变成物品，必须用工具和方法。关于工具和方法的话，前面已经说过，但须补说一下。前面说文学的实质是情感，不过，也不一定纯是情感，有时也杂夹自己的想象或外界的事实。如《楚辞》和李白诗中的神话，就是自己的想象。如杜甫诗中的时事，就是外界的事实。然而，多少总要有几分情感夹在里面。倘然毫无情感，那就不是文学了。

再有一句话应该附带说明。照我个人的意见，文的本身应该只称为“文”，研究文的称为“文学”。譬如植物的本身只称为植物，动物的本身只称为动物，而植物学和动物学，绝不能与植物、动物相混。这个理由未尝不充足。但是，在习惯上常常把一个“文”字称为“文学”，所以本应该称“文史”的，今多称为“文学史”。严格地说，称“文史”是不错的，称“文学史”乃是另外一件事了。然而习非成是，称“文史”反觉不妥，称“文学史”反觉通行。现在是依照普遍的习惯，称为“文学史”。

二、何谓文学史

文学史，是全部历史中的一部分。凡是已经过去的事实都称为历史。所以，文学史就是关于文学的已经过去的事实。

文学史，一方面是历史中间的一部分，一方面又是文学中间的一部分。它是历史中间的一部分，很容易明白，不必多说。它是文学中间的一部分，我们应该先明白整个的文学中间包含一些什么，而后能够知道文学史在整个文学中的位置是怎样。我们把整个的文学解剖开来，得五部分如下：

（1）文学原理（研究）

（2）文学史（考证）　客观的

（3）文学作法（创作）

（4）文学批评（批评）　主观的

（5）文学赏鉴法（选读）

拿一首简单的诗来讲吧。

风吹柳花满店香，吴姬压酒劝客尝。

金陵子弟来相送，欲行不行各尽觞。
请君试问东流水，别意与之谁短长？

（一）文学原理

人们为什么要作这样的诗？是不是他们处此环境，有此情感，非吐不快？

（二）文学史

（1）这首诗是何人作的？作者生于什么时候？（2）这样的诗体产生于什么时候？什么时候又有变化？（3）各书本所载的这首诗，文字有没有异同？作者的姓名有没有错误？

（三）文学作法

（1）作这首诗的方法是自然化，还是艺术化？（2）倘然我们自己有了差不多这样的情感，要作诗，应该怎样的作法？

（四）文学批评

（1）这首诗照人生文学论看是好不好？照纯文学论看是好不好？（2）它好在什么地方？不好在什么地方？

孟浩然诗意图　〔清〕王翚 绘　〔清〕乾隆 题

（五）文学赏鉴法

凭我自己的性情去领略这首诗的风格及作者的品性，他和我的性情合不合？

我们把文学所包含的五部分弄清楚了，那么，文学史的界说也明白了。文学史在整个文学中的位置是怎样，也知道了。

我在前面曾说过：文学史，一方面是历史的一部分，一方面是文学的 部分。所以研究文学史的人，丁文学、史学的两种知识，都要有相当的程度，至少也要两者都涉猎过。

中国旧式的文人，往往只是文人，不懂史学。因此，孟浩然诗集里会发现《示孟郊》的诗。明刊王士源编四卷本。其实二人的时代相隔很远。到了现代，却不然了。《孔雀东南飞》是不是建安时人做的，已成为问题了。《古诗十九首》是不是西汉时的作品，也成为问题了。

中国旧式的史学家，往往只是史学家，而不懂文学。因此，也发生不少的误会。例如“姑苏城外寒山寺，夜半钟声到客船”自是千古佳句，却是宋人疑心他夜半没有钟声。这话虽不出于专门史学家之口，因为他的观察的方法，确是史学家的方法。因为历史最重事实，事实不真，便完全失掉历史的价值。倘然夜半没有钟声，那么，他的诗里就不应该

摹《赤壁图册页》　〔南宋〕佚名　绘

说钟声，不应该说而说，就是撒谎。但是照文学说，是无妨的。只要作者自己心里觉得这时候应该有钟声，就不妨写出来，不管事实有没有。有的固然好，没有的也无妨。再有苏东坡的《赤壁赋》，和“大江东去”词，都是千古的名作。那中间都说到曹操和周瑜打仗的事，尤其是“大江东去”词，几乎全首都以此事为背景。却是照历史家、地理家看来，就根本不对。因为苏东坡所游的赤壁，是黄州的赤壁，在今湖北黄冈县；而曹操打仗的赤壁，另是一个赤壁，在今湖北嘉鱼县。这样说来，岂不是苏东坡胡言乱道吗？然而照文学说，他虽然有这样的错误，却是丝毫不能损失他文学的价值。

我们研究文学史，必须明白了这两层意思而后可以研究。

再者，研究文学史之目的，也应该说一说。我以为研究文学史之目的，可分为纵横的两方面来说。

（1）在纵的方面说，考察各个时代文学体裁之变迁，及其与人民心理之关系，连带校正其讹误。

（2）在横的方面说，考察各国文学体裁之异同，及其与国民性之关系，连带取法其长处以补己国之所不足。

研究文学史之目的既然是如是，那么，编文学史当然要合乎这个需要，把每一国的文学的变迁，及其能代表国民性处，用有系统的文字叙述出来。

但是今所讲的限于中国文学史，当然无所谓横的方面。就说有，也是以中国为主。如中国文学与印度文学之关系，与欧洲文学之关系，又如中国文学之输入日本、高丽、蒙古[①]、满洲与中国同化等都是。此外，再有范围较小的横的方面，如南方和北方的异同，海滨和平原的异同都是。

但是在中国文学史里，横的方面不及纵的方面为重要，所以我这一本书是注重在纵的方面。

好了，从文学说起说到中国文学史的范围来了。以下谈中国文学史吧。

① 民族名。13世纪初，成吉思汗统一大漠南北各部，建立大蒙古国。后又建立元朝及四大汗国。元亡后，进入中原的蒙古人部分退回蒙古高原；部分留居中原，渐与汉族等融合。

三、何谓中国文学史

我们既然明白了何谓文学史，那么，何谓中国文学史，可以说不成问题了。谁问在事实上却又不然。因为在中国向来没有文学史的名称，只有诗话、文谈、词谱、文苑传、艺文志之类。只能算是文学史的材料，而不能算是文学史。至多也只可说是零零碎碎的文学史，而不是完备的文学史。

刘勰的《文心雕龙》，只可说是文学概论，而不能说是文学史。钟嵘的《诗品》，只可说是文学批评，而不能说是文学史。况且他们的见解也不准确，所包括的时代也不完全。到了现在，只不过成了有价值的参考材料罢了。

中国有正式的文学史，是在二十年前[①]。第一部《中国文学史》，是前清京师大学教员林传甲做的，出版于宣统二年。民国以来，也出过几部文学史：计谢无量一部；曾毅一部；张之纯一部；王梦曾一部。其中以曾毅的比较的最好，

① 本书初版时间是1931年，二十年前指1911年，但林传甲的《中国文学史》初版时间是宣统二年，即1910年。此处或是作者表述错误，或是作者写作此处文字的时间为1930年。

谢无量的比较的最博。但是他们有同样的毛病，就是界限太不清楚，把所谓经史子集一起放在文学史里来讲。这样，何谓中国文学史，已成为问题了。譬如我们承认旧式的经史子集都是文学，当然是不对的，那么，单认集部是文学，其他不是文学，对吗？也是不对。这其间鉴别弃取，我们不能不用一番功夫。

到了民国八年以后，中国的文学界才发生变化，把原有的谬见打破了。从此以后出版的文学史，已把界限划清，可算是进了一步。但是大多数是急就成章，实在是不免乎草率。单就一个小范围而编的不在此例，确有几种很精的。

况且编中国文学史尤其困难。把我所曾感觉到的几个困难之点，很简单地说说如下：

（1）年代太久，不容易整理得清楚。二三千年以来，只有一大堆没有整理过的材料，在二三年内，如何能整理得清楚？

（2）一方面感觉陈陈相因的传统的文学史料太多，一方面又感觉民间文学的材料太缺少。

（3）内容太复杂，牵涉的问题太多。虽则是一篇文、一首诗，遇着它和社会政治有关系的地方，编者必须先明白了那时候社会状况和政治情形，才能够彻底了解这篇文或这

太白醉酒图　〔清〕苏六朋　绘

首诗。欲研究一种文学作品，不得不略知道作者的人生观，欲知道作者的人生观，不得不略明白他所受的哲学的影响。例如杜诗完全是儒家之诗，李太白和陶渊明都是道家之诗。而他们在道家之中，又各有不同。陶渊明是陶醉于自然，而李太白是学神仙。这种种的关系，非先明白了中国的哲学不可。

（4）体裁太多，不容易划清界限。就拿诗歌一类说吧，除了诗、词、曲，再有箴、铭、辞、赞等件混杂在中间，其实它们大都不是文学。而散文中又往往有含有诗意的作品。这些都极难辨别。我们不能单就表面来断定它。

（5）名实混淆，不容易寻出系统。例如宋人的“评话”叫小说，而他们的笔记也叫“小说”。唐人的小说有的叫“传奇”，明、清人的戏曲也叫“传奇”。白居易的“新乐府”已不能入乐，而犹袭“乐府之名”，《鸿鹄歌》见《史记·留侯世家》。明明是“楚声”，却不在《楚辞》的范围以内。既然是这样的名实混淆，而旁支、别派又复纷然杂出，很不容易寻出一个系统来。

有了这几种原因，可见要编一部极好的文学史，在这一二十年短时期内是办不到的。但是我们不能因为畏难而不前进。我们努力前进，只希望成一部比较好的文学史，就是我们的贡献了。

就现在已有的几种文学史而论，编法也不一样。有的可说是“通史”，包括一切的文学作品。有的可说是“局部的文学史”，如诗歌史、小说史、戏曲史之类。也有以时代分的，如中古文学史、古代诗史之类。也有以人分的，如陶渊明、李白、杜甫之类。也有以书分的，如《诗经》《楚辞》之类。

局部的史，比通史容易做得精，因为它范围较小。但是局部的史终不能算全史。尤其是在初学的人，不可不先读一部通史。至于局部的史，要放在第二步去读。

我这一本《中国文学史概要》就是一部简略的通史。编辑的标准是：考察各时代文学体裁之变迁，及其与人民心理之关系，连带校正其讹误。

第二章

周以前的文学

一、中国文学产生的时代

我们研究中国文学史，第一句话就要问：中国的文学产生于什么时候？我们虽然也可以在古书里找出一些答案来，什么葛天氏有歌八阕，见《吕氏春秋·古乐篇》。什么伏羲有《网罟之歌》，神农有丰年之咏，皆见《太平御览》引晋夏侯元《辨乐论》。什么尧时有《击壤》之歌，见《列子》。舜有《卿云》之歌，《太平御览》引《尚书大传》。不过，这些话都是不可十分信的，尤其是尧时的《击壤歌》、舜时的《卿云歌》，显然为后人所假造。

所以中国的文学产生于什么时候？我们很难用历史的方法去考证它，只能根据文学原理去推测它。

照文学原理说：文学的产生是在有文字以前。差不多可以说：有了人类就有文学。因为文学就是人类情感的表现，无论怎样早的人类，无论什么没开化的民族，他们总免不了有喜怒哀乐的情感，有了这种情感，就要发表出来，发表的工具，不必是文字，就是用语言也可，所以唱在口上的诗歌，也是文学，而发表的方法，虽不能够艺术化，却能够自然化。所以文学产生的时代是极早的。有了人类就有文学。

这个原则是全世界各国相同的，没有什么东方、西方的区别，没有什么欧洲、亚洲的歧异。中国既是全世界上的一个国，中国人既是全世界人类中的一种人类，当然不能例外，这个原则当然也适用于中国。所以我们可以说：中国自从有人类就有文学，不过不见于记载罢了。

前面所说的葛天氏之歌、神农之歌，尧、舜时之歌，虽然是见于记载的，却不可信。如要找比较可信的，周以前的作品有《尚书》及《史记》上所载的诗歌、《汤誓》及《孟子》上所载的谣谚、《大学》上所载的箴铭，现在分别说明如下。

二、周以前的诗歌

周以前的诗歌见于《尚书》的有《股肱歌》，是舜与皋陶唱和之作。

帝舜庸作歌曰……乃歌曰："股肱喜哉，元首起哉！百工熙哉。"皋陶拜首稽首飏言曰……乃赓载歌曰："元首明哉，股肱良哉，庶事康哉。"又歌曰："元首丛脞哉，股肱惰哉，万事堕哉。"

《益稷》

又有《五子之歌》，但是见于伪古文，比较的更不可信，今不录。

《五子之歌》既不可信，而《股肱歌》又是君臣相勉的话，它虽然称为歌，虽然有诗的形式，虽然是唱和之作，却是没有什么文学的意味。

见于《史记》的有箕子的《麦秀歌》，为箕子过殷故墟而作。

麦秀渐渐兮，禾黍油油。彼狡僮兮，不与我好兮。

《宋微子世家》

又有伯夷、叔齐的《采薇歌》。武王灭殷，夷、齐耻食周粟，隐于首阳山，采薇而食，饿将死而作歌。

登彼西山兮，采其薇矣。以暴易暴兮，不知其非矣。神农、虞、夏忽焉没兮，我安适归矣？于嗟徂兮，命之衰矣！

《伯夷列传》

这两首歌，含着极丰富的诗歌的意味，出于《史记》，姑认为可信。而他们的时代已在殷、周之交了。

此外再有《诗经》中《商颂》五篇，也是周以前的作品。虽一直被认为诗，却是没有文学意味。况且在正考父校它时，已有错误，而在孔子时已不能读了。

此外再有古书上称为周以前的诗歌，大概可以说都是不足信的。

照此看来，周以前的诗歌界十分寂寞。就上面所引的几首而言，有的是没有文学的意味，有的是介乎可信、不可信之间，其他全不可信的更不必说了。

仿李唐采薇图　〔明〕佚名　绘

三、周以前的谣谚

谣谚的性质是介乎诗歌、非诗歌之间。但是其中一部分含有情感的，我们可以认为它有文学的意味。

周以前的谣谚流传到周，而为周、秦时书中所称引，应该是有的。不过它们没确切指明这是夏谚或是商谚，我们就不能一定说它是周以前的作品。周、秦时书中所引而确切指明了的，有《孟子》上所引的夏谚：

吾王不游，吾何以休？吾王不豫，吾何以助？

《梁惠王下》

《孟子》引这一段谚语，他说明白了是“夏谚曰”，所以我们可信它是夏时的作品。

再有《汤誓》上也有一首民谣，不过是凭我们的眼光看出来它是民谣。《汤誓》的原文里没有说是谣，也没有说是谚。《孟子》引它也没有说是谣，没有说是谚。但是它到底是民谣。我们试看：

时日曷丧？予及汝偕亡！《汤誓》《孟子》引“曷”作“害”。

日是指夏桀，人民痛恨夏桀，望他速亡，而愿与他同死，是一种极沉痛的在虐政压迫下的呼声。这一点是合于民谣的条件。“丧”“亡”是韵。这一点又合于民谣的条件。所以我们承认它是民谣，是夏末的民谣。

四、周以前的箴铭

箴铭不是发表情感的文字，它的本身，严格地说，不能算是文学。但是和诗歌、谣谚有同样的形式，多少和文学作品有点关系，我们姑且把它说一说。

周以前的箴铭以黄帝的《金人铭》为最有名。按今流传之《金人铭》全文，见于《说苑·敬慎篇》，然未言为黄帝作；而《太公金匮》曾言《黄帝金人铭》，故后人遂以《说苑》所载的谓为黄帝所作。《文心雕龙》则云：周公慎言于金人，《箴铭篇》。是又疑为周公所作。究竟真伪，尚待考定。所以这里认为是不可信的材料。

再有《路史》曾载了黄帝的《巾几铭》。《后纪》卷五。但《路史》为宋人罗泌所作，他载黄帝的《巾几铭》也毫无根据，我们也认为是不可信的材料。

《汉书·艺文志》有《黄帝铭》六篇，但已不传，无从查考，这两篇是不是在六篇之内，也不知道。

再放开一步说，黄帝有没有这个人，也是问题，何况他的作品！

此外，《吕氏春秋》有《商箴》《应同篇》，然不是韵语；《国语》有《商铭》《晋语一》，然文字不类商代。今皆存而不论。

只有《大学》上所引的汤之盘铭，可以算是可信而且很好的一首周以前的箴铭。那铭道：

苟日新，日日新，又日新。

我们要知道周以前的箴铭是怎样，只看这一首就是了。

五、周以前文学界的寂寞

本来中国的文学直到周代才盛，周以前是不重文学的。我们只要看了“夏尚忠，商尚质，周尚文”的话，我们就可以知道周以前是怎样的不重文学。孔子也说：“郁郁乎文哉！吾从周。”也是周代重文的一个证据。

虽然他们所说的一个“文”字是包括礼、乐等事而言，但是我们所说的文学，也包括在他们的一个文字里面。

周以前的文学界已如上文所述，我们可以想见他们的寂寞荒凉了。到了周代才算中国文学勃兴的时代，那时我们应该说的话就多了。待下一章细讲吧。

第三章

周秦的文学

一、周秦文学变迁的大势

到了周代，文学就勃兴起来。所以兴盛的总原因，大概是根于周民族尚文的关系。现在将自周到秦文学变迁的大概情形叙述如下。

（一）诗歌的盛行

照文学原理说，民间的歌谣应该是老早就有了，不应该到周才勃兴起来。不过在周以前没有周代那么的盛，这是可以断言的。周代诗歌的总集就是人人所知道的一部《诗经》。

《诗经》中间的诗区分为三部分：一是风；二是雅；三是颂。在今日看起来，风是从民间采录来的歌谣，相当于现在的民歌，比较的最有价值。雅是当时候知识阶级中人作的，相当于现在的文人诗，中间也有很好的。颂是当时候宗庙的乐歌，相当于现在的国歌、校歌之类，太庄重了，可以说没有什么文学的意味。

再说这部《诗经》的来历。当时候有所谓采诗之官，民间男女年老无子、无所依靠的人，政府就派他们做采诗之官。供给他们的衣食，叫他们周游民间，采取歌谣，以备太史的选拣。再由太史贡献于天子。他们要从这些民间歌谣之中，看出各地方风俗的厚薄、人民的苦乐来。本来另是一种用意。但是，当时的民歌就借此保存到现在。采诗官所采集的大概都是风。此外雅本是知识阶级的作品，颂本是宗庙的乐歌，政府中人当然也把它保存了。

相传古诗有三千多篇，到孔子才把它删成三百篇，通称三百篇，实数是三百零五篇。就是现在通行的《诗经》。诗本是保存在政府中的，经过孔子才把它流传到民间来，这是实事，但是孔子是否删过诗，还是一个疑问。后来议论纷纭，莫衷一是。大概归纳起来，可得三说如下：（1）古诗三千余篇，孔子把它删成三百篇；根据《史记·孔子世家》的话。（2）古诗只有三百篇，孔子没有删过；根据《论语》上孔子的话。孔子说："诗三百。"孔子又说："述而不作，信而好古。"可知古诗本来只有三百，孔子没有删诗。（3）今所传的三百篇诗，中间有一部分是汉儒采集来夹杂进去的。因为经过秦乱之后，孔子的《诗经》已散失不全，汉儒欲补足三百篇之数，于是就采录当时流传于众口的歌谣，不管它是产生于什么时候的，采来补足了三百篇的数目再说。所以孔子反对郑声，而国风中却有不少的男女相悦之辞。没有什么根据，只是一种推测，但不能说没有理由。

照我们现代的眼光看起来，还是第三说比较的近理。因为许多的古书都是如此，不但是《诗经》如此。而《诗经》在汉初也有四家，所谓鲁诗申培所传、齐诗辕固所传、韩诗韩婴所传、毛诗毛公所传，四家文字亦互有异同。今所传的是毛诗。其他三家久已失传，但于古书所引的，可以略见一斑。清范家相有《三家诗拾遗》。可见今所传的毛诗，未必是孔子所编定的原本。

本来诗歌和音乐有极密切的关系，无论在西洋，在中国，都是一样。因此，《诗经》中的诗是不是乐歌，也成为一个很重要的问题。关于这个问题大概也有三种的说法如下：（1）三百篇全可入乐，全是乐歌；（2）颂当然是乐歌，雅也大半可以入乐，至于风，本来是闾巷歌谣，绝不能入乐的；（3）对于雅颂和第二说相同。对于风则另有一说。以为风本来不是乐歌，但是被乐工采它歌词修改一下，就可以谱入管弦。例如汉代的乐府歌词，多采用民歌。所以《诗经》中的风本来不是乐歌，但是经过乐工之手就可以入乐。现在我们所见的风是不是已经过乐之手的，那就待再考了。

照我们现代的眼光看起来，以第三说为最好。

上面所说的《诗经》是否乐歌的问题，乃是文学本身的问题。孔子曾否删诗的问题，乃是文学史上的问题。此外关于《诗经》的问题还很多。如“小序”是何人所作的问题、《诗经》和礼教的关系的问题、《诗经》和古代音韵的关系的问题，还有许多。但是比较的和文学史关系不多，现在只是讲文学史，所以那些话不暇多说了。

（二）孔子的提倡

在周、秦诸子中，孔子是个偏重文学的人。他教学生的科目略分为四科，就是德行、言语、政治、文学。见《论语·先进篇》。四科二字虽是后人代他题的，四科二字见朱注。但是这四科的名目如德行等，在那时候已经有了。《论语》上又云“子以四教：文、行、忠、信”，《述而篇》。也把教科分而为四科目。虽和前面的不同，但是四者之中文居其一，正和前面相同。这可见孔子提倡文学的一斑了。

孔子所谓文，是包括礼、乐而言，和我们现在的文学界说不同。不过我们现在所谓文学，也包括在孔子所谓文学的中间。

孔子把诗、礼、乐三件事看成是不可分离的。他说：

“兴于诗，立于礼，成于乐。”《论语·泰伯篇》。把诗、礼、乐说成一贯。他不是于本体上承认三件事不可分离，是于应用上觉得诗、礼或礼、乐是不可相离的。他是要拿诗和乐来调和人们的情感，滋润人们枯燥无味的生活；同时却又恐人们流连忘返，所以又要拿礼来约束他们，节制他们。

孔子所说的诗，我们现在认为是文学，孔子所说的乐，我们现在认为是艺术。孔子把诗、礼、乐连在一起讲，我们可以看得出孔子的文学观和艺术观了。

孔子提倡文学，他的弟子中擅长文学的有子游、子夏二人。见《论语·先进篇》。相传诗序是子夏作的，然不可信。诗序，就是诗大序。或谓为汉儒作。《左传》，前人多认为左丘明所作，然近人以为是子夏作。子夏的弟子有公羊高，作《春秋公羊传》，穀梁赤，作《春秋穀梁传》。《左传》及《公羊》《穀梁》并称“三传”，都是纪事文著名的作品，而《左传》善于描写，尤有文学意味。

儒家当然是偏重文学的，但是有两件似是而非的事不得不辨明。（1）孟子是儒家的重要人物，也是以礼、乐并重，和孔子相同，不过他的书全是纵横家的话。纵横家的话，本身就不是文学，然被后人误认为文学。这是应当辨明的一件事。（2）荀子也是儒家的重要人物，他的学问又是间接出于子夏，是主张礼、乐并重，也和孔子相同，不过他的书也不是文学作品。大部分比《孟子》更为平实，所以人家早已知道它不是文学作品，但其中有《成相篇》《赋篇》等韵文，曾被后人误认为是文学。照我们现在看起来，那几篇文章虽然是有韵的，然毫没有文学的意味，而他的赋虽名为赋，却与后来偏于情的赋不同。详见下章。所以他的书全不是文学。这又是应当辨明的一件事。

（三）纵横家开后世论说文之端

纵横家就是战国时苏秦、张仪一流人，他们是靠着三寸不烂之舌，游说各国，播弄是非，引起战争，以博自己的功名富贵。这种人品格的卑鄙固然不消说，就是他合纵连横的技术也和文学无关，不过承前启后，他在文学史上又占着一个相当的地位，不得不将他写几行。

所谓承前是怎样讲呢？因为在春秋时有所谓“行人”，他的职务是等于现代的外交官。他们每到一国，在宴会的时候，照例要赋诗。他们的用意，一方面是联络宾主的感情，一方面是借诗歌而窥见国政。因为诗歌是人民心理的表现，就是国家强弱盛衰的代表，所以闻诗能知国政。因为在出使时要赋诗，所以在平日要学诗。孔子说：“诵《诗》三百……

使于四方，不能专对，虽多，亦奚以为？”《论语·子路篇》。可见他们学诗是为着专对用的，又可见外交官怎样和诗歌发生了极密的关系。当时候的行人出使专对的成绩，大都见于《左传》，读者可以参考，这里不多说了。

春秋时候虽然列国并立，彼此互相窥伺，但还要一点面子，不像战国那样彰明较著的侵略攘夺。到了战国，大局纷乱，国际交涉无非是硬夺软骗，而春秋时所谓行人，就因为时代的需要乃一变而为纵横家了。《汉书·艺文志》，纵横家出于行人之官。纵横家的伎俩见于《战国策》，我们只要把《战国策》略读几篇，就可以知道。由行人变化到纵横家，可算和诗没有关系了，但是他的来源，乃是行人。所以说是承前。

所谓启后是怎样呢？在当时候纵横家的势力非常的大，能够支配那时候一切人的心理。儒家的孟子说话和行文，受得纵横家的影响很深很深。孟子自称：“予岂好辩哉？予不得已也！”《滕文公下》。可见在当时要想发表一点言论，倘不学着纵横家的伎俩就休想人家听你的话。孟子见梁惠王，见齐宣王，所说的虽然是仁义，而却用纵横的方法说出来。道家的庄子，他的文虽然不全是学纵横，但可说和纵横多少有一些关系。这是当时候学者所受的纵横家的影响。

韩愈画记图（局部）　〔明〕沈周　绘　〔清〕乾隆　题

纵横家的成绩有一部《战国策》，曾经受他们的影响的书有《孟子》和《庄子》，后来的文学界除了西汉到唐初崇尚辞赋骈俪而外，其他所谓古文，古文的名称始于韩愈。一大半是从这三部书变化出来的。顶显著的如宋代的苏洵、清代的魏禧，全是策士之文。其他所谓驰骋，所谓抑扬，所谓擒，所谓纵，种种笔法，无非是纵横家的伎俩。照严格地说，这样的作品不能算是文学，但是一直被人家误认了，而且认它们为正统的文学，而很少人知道它们是受的纵横家的影响。

纵横家承前启后，在文学史上有这样的大关系，上自春秋，下至清末，占了一个极长久的时期，而且造成一个很大的错误。纵横家原不是文学家，但是他在文学史上却有这样一个重要的位置，叫我们研究文学史的人不得不特别注意他。

（四）《楚辞》的创造

在周、秦之交，南方产生了一种特别的作品，就是大家所知道的《楚辞》。《楚辞》产生于楚国，创造者名叫屈原。他是楚国的同姓，事楚怀王，怀王很信任他，后为上官大夫所谗，被流于湘、沅之间，乃作《离骚》以见志。离是

屈子行吟图　傅抱石　绘

渔父图 傅抱石 绘

遭的意思，骚是忧的意思，离骚，意思就是说遭忧。他又因湘、沅间祀神的巫歌而改作《九歌》，又有《天问》《九章》《远游》等篇。《汉书·艺文志·诗赋略》称屈原赋二十五篇。然无篇目。今考刘向集本，《离骚》一篇，《九歌》十一篇，《天问》一篇，《九章》九篇，《远游》《卜居》《渔父》各一篇，恰合《汉志》所言二十五篇之数。宋洪兴祖、清戴震皆主此说。见《楚辞补注·大招篇》及《屈原赋·戴氏注》。屈原既作《离骚》等篇，即自投汨罗江而死。他的弟子宋玉、景差都学他的文体，后来汉初贾谊、东方朔等也都学他的文体，西汉末年刘向集录成书，始称《楚辞》，东汉时有王逸注本，至今流传。

但是据近人的所考，《远游》《卜居》《渔父》三篇皆非屈原所作。又有人说：屈原并无此人，皆系后人所假托。这话均可备一说，究竟是否，尚待考定。

《离骚》在当时候确是一种创格。（1）就形式说：《诗经》中的诗都是很短的小诗，《离骚》就是长篇的大文章了。《诗经》中的诗是以四言为主，《离骚》就开七言之端了。《诗经》中的诗是很拘谨的，《离骚》就放纵无拘束了。（2）就实质说：《诗经》的情感是温柔敦厚，《离骚》的情感极热烈了。《诗经》中除了《陈风》中有巫诗，此外没有神话，《离骚》中有极丰富的神话，如义和、望舒、飞廉、丰隆、宓妃、有娀佚女等，都是神怪故事中的话。《九歌》是祀神用的，《诗经》中的颂是祀祖宗用的，表面上虽有相同之点，却是实际上绝不相同。颂里面的祖宗是把他当未死的人看，儒家所谓事死如事生、事亡如事存，就是明证。《九歌》中的东皇太一、湘夫人、山鬼、国殇，就是离奇怪诞的鬼神了。

这种长篇的诗，这种神话诗，突然产生于楚国，实在有疑问，一般的解释以为《诗经》是北方的文学，是黄河流域的文学，《离骚》是南方的文学，是长江流域的文学。然在南方向来没有这种伟大的作品，突然而产生，仍不无可疑。是不是有其他的关系，尚待再考。

（五）小说、戏曲的萌芽

照一般的说法，说周、秦时候有小说，未免太早，说周、秦时候有戏曲，更是完全不对。其实仔细考察起来，小说和戏曲，虽没有发育得完全，但是确已有点萌芽了。现在分别说明如下。

先说小说吧。《庄子》云："饰小说以干县令，其于大达亦远矣。"《外物篇》。《荀子》云："故知者论道而已矣，小家珍说之所愿皆衰矣。”《正名篇》。中国的小说二字在这两部书上已经有了。不过，它们也没有说明白什么是小说。《汉书·艺文志》说：

> 小说家者流，盖出于稗官。街谈巷语，道听途说者之所造也。孔子曰：“虽小道，必有可观者焉，致远恐泥，是以君子弗为也。”然亦弗灭也。闾里小知者之所及，亦使缀而不忘。如或一言可采，此亦刍荛狂夫之议也。

据《汉志》所言，是周、秦时有所谓小说家，小说家又出于稗官。稗是小的意思，稗官就是小官。他的职务，照《汉志》上看起来，他是周游民间，采取民间琐碎的事情，报告给政府知道。他的职务大概和当时的采诗官差不多，也和现在报馆里的访事人[1]差不多。

《汉志》上列了许多小说的书名，那些书都已失传，不知道是怎样。如云：《周考》七十六篇，注云“考周事也”。《青史子》五十七篇，注云“古史官记事也”。这些大概都是稗官从民间采访来的。那些书在西汉末年还有，不

① 访事人：旧指通讯社或报馆派往各地采访新闻的人。

知道是什么时候失传的。我很疑心刘向的《新序》《说苑》《列女传》《世说》四部书，前三书今传，《世说》今不传，目见《汉志》班固自注。就是取材于这些小说而编成，而且文字也是照抄的，并没有什么改变。因为我们现在读了《新序》《说苑》等三书，很觉得很有些像是周、秦时候流传的故事，而刘向亦绝无凭空造出来的可能，所以说他是抄录周、秦小说编成的。譬如孟姜女的故事，就出在《列女传》上，即此已可见一斑了。自从刘向把《周考》《青史子》一类的小说改编成《新序》《说苑》等三书而后，原书就失传了，班固著《汉书·艺文志》时，未必看见原书。因为他的《汉书·艺文志》是根于刘歆《七略》，刘歆的《七略》又根于刘向《别录》，所以这些小说，刘向是必看见的，班固未必看见。

此外和小说相近的神话，在《庄子》里已有了。《庄子·逍遥游篇》所说的鹏，云系出于齐谐。又云："齐谐者，志怪者也。"齐谐，司马彪云，人名；梁简文帝云，书名；总之，齐谐所言都是神话。

和小说相近的寓言，在周、秦时候极为发达。周、秦诸子书中几无不有寓言。

现在再说戏曲。中国戏曲的发生，有三个根源。

1.民间祀神的巫歌　巫歌就是巫女歌舞降神时唱的。它虽然不会成为戏曲，但已是戏曲的根苗了。由这一个根苗发展变而为后世的巫师戏，一直到现在，乡间迎神赛会，临时搭起台来演几天戏，这种民间的戏曲，就是从祀神的巫歌发展而来的。《楚辞》中的《九歌》就是周、秦时候的巫歌。东皇太一、大司命、少司命就是他们所降的神。今乡间演戏，于搬演故事以前，必先有福禄寿三星、加官、财神、魁星等出场跳舞，这还是古代降神的遗风，一直流传到现代而没有消灭。照这样说，《楚辞》中的《九歌》不能说不是民间戏曲的根苗了。

2.宫廷中的滑稽语　这种说滑稽语的人，他们的目的一半是供国君的娱乐，一半也是陈述时事，乘机进谏。这种滑稽家在周、秦时也通称为“优”，就是后世称演戏者为“优人”的根源。那时候淳于髡、优孟、优旃都是这一类的人。我们只要读一读《史记》中的《滑稽列传》就可以知道。

> 优孟者，故楚之乐人也。长八尺，多辩，常以谈笑讽谏。楚庄王之时，有所爱马……病肥死，使群臣丧之，欲以棺椁大夫礼葬之。左右争之，以为不可。王下令曰：“有敢以马谏者，罪至死。”优孟闻之，入殿

门，仰天大哭。王惊而问其故。优孟曰："马者，王之所爱也，以楚国堂堂之大，何求不得，而以大夫礼葬之，薄，请以人君礼葬之。"……王曰："寡人之过，一至此乎！为之奈何？"优孟曰："请为大王六畜葬之。以垅灶为椁，铜历为棺，赍以姜枣，荐以木兰，祭以粮稻，衣以火光，葬之于人腹肠。"

…………

优旃者，秦倡侏儒也。善为笑言，然合于大道。……二世立，又欲漆其城。优旃曰："善。主上虽无言，臣固将请之。漆城虽于百姓愁费，然佳哉。漆城荡荡，寇来不能上。即欲就之，易为漆耳，顾难为荫室。"于是二世笑之，以其故止。

上面节录原文一二，已可见当时滑稽家是怎样的人。他们的谈笑讽谏用意是很好的，而态度又极滑稽。在宋代宫廷中尚有这样的人，在清代京戏中的"丑角"就是由古代滑稽家变化而来的。根据这一点，可说它是戏曲的萌芽。再试看上文所引优孟对楚王的话，"以垅灶为椁，铜历为棺，赍以姜枣，荐以木兰，祭以粮稻，衣以火光，葬之于人腹肠"，已把他的话编成韵语。优旃对秦二世的话，"漆城荡荡，寇来不能上”，也是韵语。此外《滑稽列传》所记淳于髡的话也都有韵，可见他们在当时候是拿来唱的。又《滑稽列传》所记优孟为孙叔敖的儿子说情，自己着了孙叔敖的衣冠，扮成孙叔敖，这又是化装表演了。根据这两点，又可以说它是后来戏曲的萌芽。这种发源于宫廷中的戏曲可以说萌芽于周、秦，直至元代而始完全成立，明、清以来由宫廷推广到富贵人家中，由富贵人家中推广变为通都大邑公开的戏园。

3.宫廷中的唱诗 这种唱诗也是一方面供给帝王、后妃们的娱乐，一方面寓规谏劝导之意，用意和滑稽语相同，而方式则为用诗歌叙述故事，慢慢地变为后世戏曲中的重要分子。这种唱诗人在周初宫廷中通用瞎子，刘向《列女传·周室三母》条云：

> 古者妇人妊子，寝不侧，坐不边，立不跸……夜则令瞽诵诗，道正事。如此，则生子形容端正，才德必过人矣。

刘向的《列女传》都是采辑周、秦时的遗闻逸事，这话在前面已经说过了。照这一条看，可见周初宫中瞎子唱诗的情形。他们所唱的诗，说不定还有几篇保存在今日的《毛诗》中，如《关雎》《卷耳》等篇。所谓歌咏文王，赞美后妃的诗，大约就是当时候瞎子们所常用的唱本。

以后如汉代“乐府”中的“日出东南隅，照我秦氏楼”等篇，也是唱诗人所唱的，不过已普遍地流传到民间了。后世的“弹词”“摊簧”之类就是这种唱诗的嫡裔，而这种唱诗也就是后来戏曲中唱句的根源。

此外先秦诸书，因为和文学没有什么关系，就不多说了。周衰秦兴，商鞅、李斯等人尚刑名法术，讲功利，重农战，痛恨诗书，于是有烧书之举，先秦古籍，荡然无存，今所见的大概是经汉儒搜辑补订而成的。然李斯能作铭语，始皇封禅石刻，多出于李斯的手笔。

二、周秦文学的特点

上文把周、秦文学的变迁大势说过了。还有些零碎的话，为我们所应该注意而为上文所未备的，今复述于此。但是零零碎碎，没有系统。

（1）在这时代谣谚很流行。《左传》《战国策》及诸子中引得很多。虽不一定都是周、秦时的产物，大概可以说以周、秦为盛行。就是《老子》中的韵语，也是当时所流传的谚语，如“古之所谓曲则全者”，“曲则全”就是一句谚语。

（2）《论语》二十篇是孔门弟子作的孔子言行录，他并非有意为文，而片言只语，往往有文学的意味。如“天何言哉！四时行焉，百物生焉，天何言哉”。寻常文学，一言已足，不必重言，今“天何言哉”，重述一句，即文学上所谓咨嗟咏叹，含有很丰富的文学意味。又如“铿尔，舍瑟而作”，“铿尔”二字能传出曾点闲适之神，也可说是写生妙手。

（3）今所传的《尔雅》一书为中国字书的初祖。相传为周公所草创，孔子、子夏都曾经增补过。这部书虽然不是文学，但和文学多少有些关系，所以附带说一句。

（4）在春秋、战国时，各国语言不统一，文字也不统一，到了秦时，经李斯改为小篆，中国的文字才统一了。

（5）吕不韦集了许多门客编成《吕氏春秋》一书，又称《吕览》。这部书有可注意的地方，就体例说，这部书可以算是中国最早的一部类书。汪中《述学·吕氏春秋序》有此说。就事实说，可以算开后世富家集门客著书之端。

第四章

汉魏的文学

一、汉魏文学变迁的大势

秦灭、汉兴，时势一变，东西两汉，下及三国，一共约有五百年的长时期。这个时期中文学大势的变迁很多，今分述如下。

（一）乐歌的变迁

《诗经》中的诗是否每首都可以入乐固然还有小问题，见前章。但是大概可以说，孔子口中所说的诗是和乐相连不分的。经过秦汉之后，《乐经》亡了，古乐就此失传。

高帝崛起南方，汉初盛行“楚声”。高帝的《鸿鹄歌》是“楚声”，见《史记·留侯世家》。唐山夫人的《房中祠乐》也是“楚声”。《汉书·礼乐志》云：高祖乐“楚声”，故房中乐，“楚声”也。所谓“楚声”，当是南方之乐，而与中原古乐不同，大概是多发扬蹈厉之音，而无温柔敦厚之致。这是乐歌变迁的初步。

后来武帝设立“乐府”，采诗夜诵，以李延年为协律都尉，举司马相如等数十人造为诗赋，略论律吕，以合八音

苏武牧羊图　〔清〕黄慎　绘

之调，作十九章之歌。他不但把乐歌大大地整理了一下，而且使乐歌发生极大的变化。他所采的歌有燕、代、秦、楚之讴，所采的乐器有箜篌、横吹等外国乐器。崔豹《古今注》云："横吹，胡乐也。张博望入西域，传其法于西京，唯得《摩诃兜勒》一曲，李延年因胡曲更造新声二十八解。"《古今注》卷中《音乐》。可见李延年所制的"乐府"已含有许多外来的分子，而不是纯粹的中国乐歌。这是汉代乐歌变迁的第二步。而南北朝及唐代外国音乐充分地输入中国，当以此为先导。

（二）五言诗的成立

纯然五言诗，为文人所作而不能入乐的，以李陵、苏武赠答的诗为最早。但今所传苏、李赠答诗，是否为苏、李所作，尚有疑问。此外，《古诗十九首》《玉台新咏》于所选八首，谓为枚乘所作，《文心雕龙》于孤竹一首，谓为傅毅作，故清人沈德潜以为作者非一人，非一时，故统名为古诗。《古诗源》卷四。李善《文选》注亦云：

> 诗云"驱车上东门"，又云"游戏宛与洛"，此则辞兼东都。

苏李泣别图　〔明〕佚名　绘

他也疑心到十九首中有东汉人的作品。近人即本此说，竟以为十九首全是东汉人作，我以为作者非一人，非一时，是不错的，一定要断言十九首皆东汉人作，是很难说的。总之，五言诗到汉代已确切成立了，成立于西汉或东汉，当再待考定。

（三）辞赋的派别

汉代的辞赋是有名的，王国维以为可作一代文学的代表。他说：

> 凡一代有一代之文学，楚之骚，汉之赋，六代之骈语，唐之诗，宋之词，元之曲，皆所谓一代之文学，而后世莫能继焉者也。
>
> 《宋元戏曲史》序

这可见“汉赋”在文学中的位置是怎样。不过，所谓“汉赋”也不止一派。《汉书·艺文志》把它分为四类：一为“屈赋”，二为“陆赋”，三为“荀赋”，四为“杂赋”。

“屈赋”就是屈原的《离骚》《九歌》《天问》《九章》等篇及唐勒、《唐勒赋》今亡。宋玉所作的赋。在汉代贾谊、淮南王安诸人的赋，属于屈赋。它们大抵都是抒情。

“陆赋”就是陆贾的赋。《汉志》说：陆贾有赋三篇，但今不传，不可考了。而枚皋、朱建、严助、朱买臣等人的赋，《汉志》列于陆赋之属，而今亦不传。今可见的只有扬雄的赋。这一类大抵偏于辞说，为纵横的变相。

“荀赋”就是《荀子》书中的《赋篇》，有礼、知、云、蚕、箴等五篇。《荀子》以后，《汉志》所列的今已不传。但观荀子《赋篇》，是主于咏物的。

“杂赋”本无一定体例，《汉志》所列，今亦不传，无从考证。然一看它的题目，也可以略知其内容。如“杂山陵水泡云气雨旱赋十六篇”“杂禽兽六畜昆虫赋十八篇”，看了这些目录，可知它和荀子的云、蚕相近。不过最后有《隐书》十八篇，为后世“庾辞”之祖。这可见所谓杂赋的体例很不纯粹了。

在汉代的赋有这样四类，四类确不可以一例承认它有价值。除了“屈赋”为抒情的赋，其他三类可以说不是文学。

（四）纵横文变为辞赋与疏表

战国时七雄并立，互相并吞，互相联合，一般策士从中播弄是非，乘机以博得功名富贵，纵横文很用得着。汉初离开战国没有多远，策士的风气依然存在，况七国并立，还是一个封建的形势，策士的纵横文，还是适用。试看蒯通说韩信、邹阳上梁王书，完全是苏、张的面目，就是贾山的《至言》、贾谊的《治安策》、晁错的《论政治书》，还是周、秦诸子的文章。

文、景以后，七国削平，天下太平无事，用不着策士的纵横；于纵横就一变而为辞赋与疏表。变为辞赋的，以邹阳、枚乘、严忌诸人开端，至武帝时有司马相如、严助、朱买臣、东方朔、枚皋、终军等人，称为极盛。他们的辞赋，是由纵横家的离间挑拨变而为对于君主一人的赞美。这是因为时代的关系，自然而然的变化。再有一派变为疏表的，如董仲舒的《天人三策》、公孙弘的《贤良策》。主父偃的《谏伐匈奴书》，由纵横家的凌厉驰骋的雄辩一变而为温厚儒雅的风度。这也是因为时代的关系，自然而然的变化。

（五）史家文学的创格

中国的史学发达得很早。古代史书分为六家，就是：一《尚书》；二《春秋》；三《左传》；四《国语》；五《史记》；六《汉书》。前四家皆在汉前，后二家皆是汉代作品。其中以《史记》为最有创造的能力，且含着极丰富的文学意味。

《史记》是司马迁作的，记黄帝至汉武时事，为本纪、年表、列传等一百三十卷。它的创造力，是在能网罗零碎的古史成一巨著，又能创为传记、年表等体例。

它所以含有文学的意味，有下列三个原因。（1）因为它是富于情感的。司马迁因李陵事而被刑，郁郁不自得，他作《史记》的动机，就是要借古人发牢骚，所以《伯夷列传》《刺客》《游侠》等传，作得更好。（2）是关于描写的。《史记》描写人物，恰能如其身份，很和小说相近。（3）是趋于自然的。他采录古史，都改为当时通行的文字，他又不避俗语，例如《陈涉世家》中的“伙颐”，就是楚国的方言。这三点都和文学的原则相合，所以一部《史记》，就充满了文学的意味，而于无形中被后人视为文学作品。

《汉书》是班固作的，始于高帝，终于王莽，共一百二十卷。班固著作没有完，就死了，是他妹子班昭替他续成的。后来史、汉并称，但就文学的意味而言，《汉书》不及《史记》。若说《汉书》和《史记》体裁上的异点，《史记》是通史，《汉书》是断代为史，在当时候都是创格。

（六）贵族提倡文学和文学所受的损失

文学是平民的，不是贵族的，更用不着贵族来提倡。贵族提倡文学，简直是使文学受着损失。在汉、魏这个时代，前有汉武帝，后有曹操父子，以帝王提倡文学，在他们以为是文学界的盛事，其实是文学界很大的损失。汉武帝很喜欢文学，他招致了司马相如、东方朔一类的人做他的“宫廷供奉”。司马相如等人也就以见知于天子为荣幸，所有的作品无非是供帝王的娱乐，作帝王的玩好品，他们只管享受着富贵，而人格、文格受了很大的损失，他们就不管了。

自从汉武帝开了端，后来曹操父子也就学着他。曹操的文学天才比汉武帝更好，他的“对酒当歌，人生几何”的四言诗，比汉武帝的《秋风辞》要好得多，加起他的两个儿子曹丕、曹植也都是有文学天才的，于是曹氏父子兄弟就成了当时文学界的中坚分子。他们极大地搜罗当时文人做他们的门客，后人所称为建安七子的，便是孔融、王粲、徐幹、陈琳、阮瑀、应玚、刘桢七人。七子除孔融外，皆为曹氏所引用，无非一天到晚陪着他们作作诗，或是给他们代代笔，曹氏父子使文学所受的影响恰和汉武帝相同。

（七）小说、民歌的采集

汉武帝提倡辞赋，使文学受了很大的损失，已如上文所述；但他另有一事，对于文学又不能说没有功劳，就是他对于小说、民歌十分注意。《汉书·艺文志》所著录小说有《封禅方说》十八篇、《待诏臣饶心术》二十五篇，原注皆云武帝时。《待诏臣安成未央术》一篇、《臣寿周纪》七篇，原注宣帝时。《虞初周说》九百四十三篇，原注，虞初，武帝时人，号黄车使者。《百家》一百三十九卷。除《饶心术》《未央术》似是方术在当时此项书亦混入小说。而外，其他都是小说，而以武帝时的作品为多。虞初大约就是汉武帝时的稗官，那些《周说》九百多篇，就是他采集来进呈于武帝的，不然，流传在民间的故事，不当为《汉志》所采。那些小说今皆失传，不知内容如何，但是据我个人的浅见，刘向的《列女传》等三书就是取材于此。参看第三章。另外有一类小说，如《汉武内传》《飞燕外传》等，虽题名为汉人作，但多系后人假托，《汉武内传》原题为班固撰，《飞燕外传》原题为伶玄撰。不可认为是汉代的小说。

至于民歌，在武帝设“乐府”时，会充分地采录燕、代、秦、楚之讴，以供给他制作乐歌的材料。参看本章第一节。今《汉书·艺文志》所著录的此类民歌有《吴楚汝南歌诗》十五篇、《燕代讴雁门云中陇西歌诗》九篇、《邯郸河间歌诗》四篇云云，这些都是各地的民歌，想是武帝设“乐府”时采集来的。这些歌也失传了，不知道它们内容如何，但是据我个人的意见，在今日所流传的“汉乐府”内，还可以找得出几篇。例如《陌上桑》一首，崔豹说，邯郸女名罗敷作，《古今注》卷中《音乐》。这或者就是《邯郸河间歌诗》之一。

总之，照《汉志》上所开的目录看，汉代的小说、民歌实在不少，但是不能说不是武帝注意采集的功劳。不然，到今日连这些目录都看不见了。

二、汉魏文学的特点

（1）西汉和东汉的文学作品，在体裁上说，没有什么显著的分别；不过在旧文学家说起来，总说西汉和东汉不同。所以不同之点，是西汉文比较的朴质浑厚，东汉就不然了。旧说以为是时代的关系，在我说，和时代固然有关，和地理也有关。因为那时候的文学者，都集中于国都，所以都城就成了文学的中心点，西汉都长安，风土较厚，东汉都洛阳，风土较薄，这一点和文学有很大的关系，不可忽略过。

（2）今传《孔雀东南飞》一诗为中国著名的长篇纪事诗。旧说以为东汉末建安时候的作品，《玉台新咏》卷一。但经近人考证，以为是南北朝时候的作品。第一个理由是在印度文学输入中国以前，不会产生这样长的作品。第二个理由是中间有“青庐”“龙子幡”等字，是南北朝时候的风俗。但是立在反对方面的人又说第一个理由不很充分，况且照这样说，又不得不牵涉《离骚》了。第二个理由可以驳。因为这种民歌，口头传授不知经过多少增删改变，某一个时代通行的字，都是在某一个时代增加修改的，不能说那作品的本身就产生于某一个时代。照我说，两方面的话都有可研究的价值。所以这个问题暂时认为是一个没有解决的问题。

（3）西汉末年的扬雄很喜欢作仿古的文章。仿《周易》作《太玄》，仿《论语》作《法言》。此种仿古不但它自身无价值，而且贻害后人。唐代韩愈很佩服扬雄，唐以后的人又很佩服韩愈，所以扬雄影响于后世文学界很大。模仿的风气在中国很盛，虽然还有别的原因，但和扬雄有很大的关系。

（4）佛经的输入，和中国文学有极大的关系。一般人说始于汉明帝时，当时曾译佛经一部，名《四十二章经》，流传到现在，为中国最早的一部佛经。不过据我所考，佛教输入中国，是在周、秦时，就是《隋书·经籍志》也说：“或云久已流布，遭秦之世，所以湮灭。”故东汉时才输入中国之说不能确信。

（5）自曹丕论文，以七子并称，于是就有“建安七子”的名称，而自此以后跟着他的很多，便成了文学界的一种风气。如晋代的“竹林七贤”“二陆、三张、两潘、一左”，唐代的“初唐四杰”“大历十才子”，宋代的“三苏”“苏门四君子”，清代的“江左三大家”“岭南三大家”等，不可胜数。这里是专就文学一方面讲，和文学无关的，如殷有“三仁”，周有“八士”，这种称谓早已有了。

（6）西汉末年，刘向校书于天禄阁，随书撰述提要，后来汇集成书，称为《别录》，据《三辅黄图》及《广宏明集》引《七录》序。刘歆继刘向作《七略》，分书籍为六类：一六艺略；二诸子略；三诗赋略；四兵书略；五术数略；六方技略。首有集略，性质等于总论，并六类共称为

《七略》。《别录》为提要之始，《七略》为图书分类及目录之始。这虽不是文学作品，但和文学有关，故附带说几句。

（7）汉末孙炎创切音，魏李登作《声类》，为音韵学的开端。音韵虽然是独立的学问，但和文学有连带的关系，尤其是中国的文学和音韵的关系更深。

（8）西汉末刘向集《离骚》《九歌》诸辞赋，并及汉人贾谊、东方朔等作品，合为一编，就是今日通行的《楚辞》。东汉王逸把它加注，北宋洪兴祖又补注，为最古的注本，《楚辞》是《诗经》以后的第一部诗歌总集。

此外伏胜、毛亨、毛苌传经，马融、郑玄注经，都和文学关系不深。淮南王刘安的《淮南子》、王充的《论衡》、徐幹的《中论》，虽然是一代名著，但和文学的关系也不深。又有许慎的《说文解字》，扬雄的《方言》，一个是文字学上重要的书，一个是语言学上重要的书，皆非文学。关于这些这里概不多说了。

第五章

晋南北朝的文学

一、晋南北朝文学变迁的大势

汉、魏而后，接着晋、南北朝，这个时期的文学，在形式上和实质上，都有种种的变化，而变化的原因也很复杂。今分别说明如下。

（一）辞赋变为“骈语”

两汉的赋是著名的。赋的派别在前一章我们也已经说过了。晋、南北朝就由辞赋转变而为“骈语”。所谓“骈语”，就是比较辞赋更整齐的“四六文”，而几乎全篇都是对偶，故称为“骈语”。“骈语”这个名称在当时候是没有的，后世以“骈文”和“散文”对举，而推南北朝文为“骈文”的代表。王国维称为“骈语”，而把它和“楚辞”“汉赋”“唐诗”“宋词”等并称，可见这种“骈语”确是这个时代的一种特色。

当时候的赋虽然是仍名为赋，但是有一大部分在实际上已变为“骈语”，和“汉赋”不同。此外无论什么文，如序、如论、如书，都用“骈语”。最著名的作家为鲍照、江淹、徐陵、庾信等人，他们都是南北朝人。至如晋代左思的《三都赋》、郭璞的《江赋》等，虽然也很有名，但它们还是“汉赋”的旧面目，而且是“荀赋”的苗裔，可以说不是文学。这时代的作品当推鲍照的《芜城赋》、梁元帝的《荡妇秋思赋》、江淹的《恨赋》《别赋》为最好。其他短篇的书信也有很好的。至于陶渊明有几篇著名的作品，又当别论，因为它不是“骈语”。

（二）“文”“笔”的分歧

在南北朝时又有一个特别的文学界说，叫“有韵的为文，无韵的为笔”。当时文人有以“文”“笔”对举的，有以“诗”“笔”对举的，有以“辞”“笔”对举的。究竟怎样叫“文”，怎样叫“笔”，并没有确切的界限。刘勰《文心雕龙·总术篇》云：

> 今之常言，有“文”有“笔”，以为无韵者“笔”也，有韵者“文”也。夫文以足言，理兼诗书，别目两名，自近代耳。

刘勰的大意是不赞成把“文”“笔”区分为二的。他说“文以足言，理兼诗书”，因为当时候一般的人认“诗”为“文”、认“书”为“笔”，故刘勰说诗书本来都应称“文”，至近代才分为二事。刘勰于下文还有许多的话，但是他的话很含混，我们读了还是得不到最后的答案。

清代阮元的《揅经室集》里有《学海堂笔对》，引证当时诸史，以说明“文”“笔”之分，把它归纳成为四类：（1）文、笔对举；（2）辞、笔对举；（3）笔、文专称；（4）诗、笔对举。

近人刘师培著《中古文学史》、谢无量著《中国大文学史》，皆根据阮元的话，又参酌自己的意见，加了许多说明，比较得更详细了。现在我再把刘、谢两君的话归纳如下：（1）有藻采、声韵的为“文”；（2）无声韵，但有藻采也为“文”，否则为“笔”；（3）无韵，但为偶语也为“文”；（4）“诗”为“文”的一种；（5）“辞”就是“文”，所谓“辞”就是有藻采、有声韵的作品；（6）“文”可以包括“笔”，“笔”不可以包括“文”；（7）直言无词采的为“笔”；（8）记事的为“笔”；（9）“论”也与“笔”对称；（10）韩愈的“文”在唐代也称为“笔”；（11）后世“散文”不应称为“文”。

我再参照阮氏及刘、谢二君的话重定了一个“文”

“笔”的界说如下：（1）零言断语不能成篇的为“笔”，东鳞西爪漫无组织的为“笔”；（2）有组织、成篇幅、有藻采、有声韵的为“文”；（3）但有组织、成篇幅，虽无藻采、无声韵也为“文”；（4）“笔”的名称在唐以后好像是忽然不见了，其实不然，它就是后世的“笔记”。

这个界说比较的精密一些了。这是大概的情形。详情可参考刘、谢二君的文学史及我的文笔辨。在《中国文学辨正》内。南北朝时通行“偶语”，且尚藻采、声韵，在他们只认有藻采、声韵的是文，至少也要是“偶语”才算是“文”，不认“散文”是“文”。所以如韩愈的“散文”，唐人也还称为“笔”。这是沿着南北朝时的习惯。

（三）清谈影响于文学

在晋代，老、庄学说盛行，王弼注《易经》、注《老子》，向秀注《庄子》，这一类的书风靡一时。当时由老、庄学说演化成为清谈，大概以乐天知命、放荡形骸为务，把名利看如粪土，把礼教看如枷锁，以淡泊宁静、不受一切的拘束为至乐。这种人生观，由所谓名流提倡以后，便支配了一般人的心理。这种思想影响于文学很深。如嵇康的《养生论》云：“外物以累心不存，神气以醇白独著。旷然无忧患，寂然无思虑。又守之以一，养之以和，和理日济，同乎大顺。”又云：“无为自得，体妙心玄，忘欢而后乐足，遗生而后身存。”陶潜的《归去来辞》[1]云：“寓形宇内复几时？曷不委心任去留？胡为乎遑遑欲何之？”又云：“聊乘化以归尽，乐夫天命复奚疑！”又如刘伶的《酒德颂》、王羲之的《兰亭序》，都是这种思想的表现。这种思想和后世文人的关系也很深，唐宋以来的文人大多数受了他们的影响。

（四）佛经充分地输入影响于文学

晋、南北朝时候的思想界除了清谈以外，再有从印度输进来的佛学。佛学输入中国本来很早，但在这时候更有充分的佛经输入。所谓天竺胡僧到中国来的很多，而中国的佛教徒往印度去的如法显、道整等人也前后相继。中国的文人如谢灵运、刘勰等无不信佛，刘勰且出家为僧，法号慧地，梁武帝亦舍身于同泰寺。可见当时佛学支配一般人的心理的情形。这种思想当然和文学发生关系。就实质上说，文学作品中多含有佛学的意味。就形式上说，“塔”“僧”“忏悔”等译音字也充满于文字中，忏为译音字，悔非译音字，二字

① 即《归去来兮辞》。

一义，今人多连用。译经的文法也自成一格，可说是印度化了。这种思想和后世文人的关系也很深。唐、宋诗人如王维、柳宗元、白居易、苏轼等人都受了很深的影响。

（五）西北胡人和汉人杂居影响于文学

从东晋到南北朝，中国的民族史上更发生一个极大的变化，旧史家称为“五胡乱华”，就是当时候西北的外族侵略中原，把中原的地方占据了，晋室因而东迁，由今陕西迁到今南京来，长江以北的地方差不多都被他们侵占去了。所谓“五胡”就是匈奴、羯、鲜卑、氐、羌五种人。匈奴就是汉代的匈奴，这时候一部分南侵入中原，和中原人同化了，一部分北徙入欧洲建国，即今匈牙利。羯属突厥种，晋、唐时侵入中原，唐末西迁，造成今土耳其国于巴尔干半岛。鲜卑，有人说就是今日西伯利亚人的始祖。氐、羌后裔不详。总之，这五种外族人在东晋、南北朝时都靠他们的武力侵略中原，纷纷居住到中原来，居留在中国以后，语言、文字、风俗、习惯都和中原人同化了，久而久之，已无形地变了中原人。不过，从反面说，他们的风俗、习惯影响于汉人的地方也不少。如《搜神记》云：

胡床、貊盘，翟之器也。羌煮、貊炙，翟之食也。自太始以来，中国尚之。贵人富室，必畜其器，吉享嘉宾，皆以为先。戎、翟侵中国之前兆也。

就这一段文字，可以想见当日汉人风俗的外族化了。

然这些事和文学无关，不必多说，如今我们再说“五胡”所给予中国文学的影响，就是他们尚武的精神灌输到中国的文学作品中。欲知他们尚武的精神影响于中国的文学是怎样的情形，请先看他们自己的诗歌：

新买五尺刀，悬著中梁柱。一日三摩挲，剧于十五女。

东山看西水，水流磐石间。公死姥更嫁，孤儿甚可怜。

《琅邪王歌辞》八曲之二

陇头流水，流离山下。念吾一身，飘然旷野。
朝发欣城，暮宿陇头。寒不能语，舌卷入喉。
陇头流水，鸣声幽咽。遥望秦川，心肝断绝。

《陇头歌辞》三曲

上马不捉鞭，反折杨柳枝。蹀座吹长笛，愁杀行客儿。

遥看孟津河，杨柳郁婆娑。我是虏家儿，不解汉儿歌。

健儿须快马，快马须健儿。跋跋黄尘下，然后别雄雌。

《折杨柳歌辞》五曲之三

这些都是西北胡人的民歌，而被汉人采入乐府的，现在我们所见的当然是用汉文写出来的，不是他们的原歌，但是却能十分保存原有的尚武的精神和朴质爽快的风格。这样的诗在原有的中国诗里是没有的，如今大批地加入，当然能使中国的文学界发生一大变化。

在南北朝时南北的文学作品已经截然不同。如《北史·文苑传序》说道：

洛阳、江左，文雅尤盛，彼此好尚，互有异同。江左宫商发越，贵于清绮；河朔词义贞刚，重乎气质。

这几句话已经告诉我们南朝的文学好处在柔，北朝的文学好处在刚，南朝的文学是优美，北朝的文学是壮美。《北史·文苑传序》的话是指文人的作品而言，可知西北胡人的民歌已经影响到文人的作品了。此后唐人出塞、从军的诗，如“葡萄美酒夜光杯”“秦时明月汉时关”“男儿事长征，少小幽燕客，赌胜马蹄下，由来轻七尺”之类，无非是受的这种影响。

（六）民歌的采集

在汉武帝设立“乐府”时，曾经采集过一次民歌，把它们来改为乐歌，于是许多民歌就借此保存了。在晋、宋间也有同样的采集民歌改编为乐歌的事，所以晋、南北朝的民歌保存在“乐府”里流传到现在的很多。如《吴声歌曲》中的《子夜歌》《懊侬歌》《华山畿》，《西曲歌》中的《江陵乐》《青阳度》《女儿子》《攀杨柳》等都是很好的民歌。同时及唐以后的文人也多拟作这些民歌，就一变而为文人化了。不过，经过文人化后，真情感已没有了，风格也不自然了。所以最可宝贵的还是原有的民歌。

这些民歌中以《子夜歌》尤为有名。据说，它是晋代的一个女子创作的，女子名子夜，所以就称为《子夜歌》。原有四十二首，后来人家跟着它作的称为《大子夜歌》《四时歌》《子夜警歌》《子夜变歌》等又有许多。这些歌都是男女恋爱之词，它的形式是五言四句，和唐以后的“五绝”一样，也许所谓五绝和它有密切关系。此外，《攀杨柳》也很著名。由《攀杨柳》《折杨柳》演变而为唐以后的《杨柳枝》。或谓《杨柳枝》为白居易所创是不对的。唐人诗：“羌笛何须怨杨柳，春风不度玉门关。”杨柳二字就是指《折杨柳》，它是双关两意的。

在吴声歌曲中更有一个应该注意之点，就是诗中多“隐语”。例如“梧子”隐“吾子”、“莲子”隐“怜子”、“藕”隐“我”、二字音相似。“蚕眠”隐“缠绵”、“丝”隐“思”等随处皆是。这种隐语可以说在汉已经有了。如“稿砧今何在”一诗，“稿砧”二字就是应“丈夫”的“夫”字，因为“稿砧”为斩草之具，名叫“𫓧”，由“稿砧”隐“𫓧”，由“𫓧”转隐“夫”，于是“稿砧今何在”一句，就是说“丈夫今何在”。这可算是汉代民歌中的隐语。但在晋以前这样的隐语还不多见，到了《吴声歌曲》中就很多很多了。晋、南北朝以后的民歌中也有时可以看见这种隐语。如刘禹锡的《竹枝词》：“东边日出西边雨，道是无晴却有晴。”《全唐诗》注“晴”一作“情”。其实并不是又作“情”，简直“晴”字就是“情”字的隐语。清末

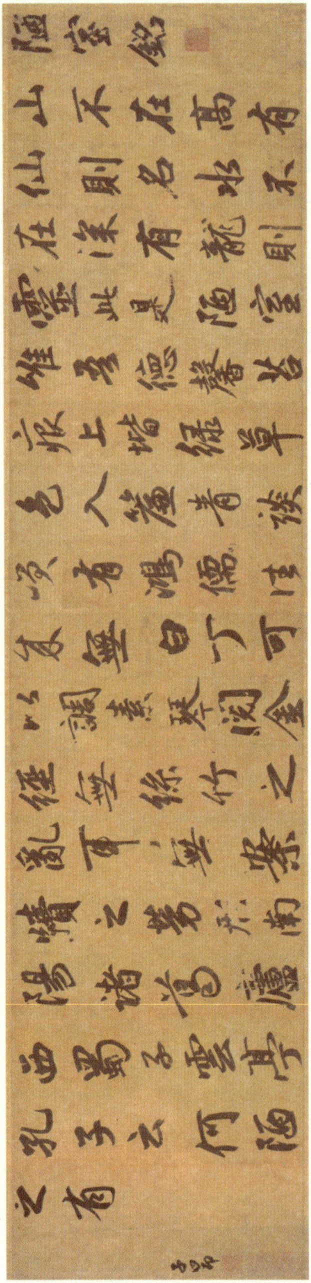

刘禹锡所作《陋室铭》　〔元〕赵孟頫　书

黄遵宪的山歌："第一香橼，第二莲。第三槟榔个个圆。第四芙蓉，五枣子。送郎都要得郎怜。"这首诗中"橼"隐"圆"、"莲"隐"怜"、"榔"隐"郎"、"芙蓉"隐"夫容"、"枣子"隐"早子"，每一件花果名都是隐语。这就是晋、南北朝《吴声歌曲》中隐语的习惯，保留到最近时，还可以有民歌中找到的。

（七）小说的流行

中国小说的诞生，在前面第四章里已经说过了。不过晋、南北朝以前的小说，到现在大都失传，今日所见的题名汉人所作的小说，大概是晋、南北朝人假托的，除了刘向的《列女传》《新序》《说苑》保存一些古代的小说，旁的没有什么可见。汉、魏时小说不很流行，到了晋代，小说乃盛行了。古小说而经晋人加注的有郭璞注的《山海经》，古小说到晋代才发现的有魏襄王塚中掘出来的《穆天子传》，晋以后人所作而托名汉人的《西京杂记》《汉武内传》《飞燕外传》等；晋、南北朝人自己的创作有干宝的《搜神记》、葛洪的《神仙传》、刘义庆的《世说新语》等。真可谓盛极一时了。

东晋的诗人陶潜，他是一个最喜欢读小说的，他的诗道："泛览《周王传》，就是《穆天子传》。流观《山海图》。就是绘图的《山海经》。"这可见他萧闲自在沉醉于小说中的状态。郭璞是晋代一个博学的人，他把《山海经》和《穆天子传》细细地加了注解，可见他也是爱读这些书的人。但就这两点看来，我们已可想见在那时候小说是怎样的盛行了。

现在再把上面所提起的几种小说略说一说。《山海经》旧传为禹治水时所作，又传为伯益作，但都不确。据近人卫聚贤所考，其中一部分为春秋时随巢子所作，乃是他从印度到中国的旅行记，因为《山海经》中的神话完全是印度的神话，再有一部分是刘歆所加的。详见《古史研究》第二集。又有人说《山海经》是古代的巫书，但是后代的地名很多，如长沙、零陵等皆非古地名。这是有后人增加的地方。总之《山海经》虽是一部古书，但在晋以前并不盛行，自从郭璞注了以后，才成为一部名著。《穆天子传》是记周穆王西游的事，也是一部古书，不过到晋太康二年才发现于汲郡魏襄王墓中，可见以前并不流传。《西京杂记》今《汉魏丛书》本题为刘歆撰，但《学津讨源》本题作葛洪撰，明孔天胤本也题作葛洪撰，《四库书目提要》谓为吴均撰，托言葛洪得刘歆《汉书》遗稿，录班固所不载的事而作此书。总之为晋以后人所作无疑。《汉武内传》旧题为班固撰，《飞燕外传》旧题为汉伶玄撰，但就文字看，不像是汉人作的，乃是晋以后人假托的。《搜神记》为干宝撰，中间有一大部分是古代流传下来的民间传说，很有价值。也有人说，今日流行的二十卷本有后人加入的，这也可信。又有《后搜神记》题为陶潜撰，乃是假托的。《神仙传》可以算是晋以前神仙故事的代表。《世说新语》是晋、宋时的名人逸事。这几部小说都是最有价值的。以外再有许多，不及遍举了。

（八）文人诗的变迁及陶渊明的特出

这时代文人作的诗，在形式上说，起初只是继续汉、魏原有的体裁，而没新的创作，到最后才开“律诗”之端，而没有完全变成“律诗”。但是产生了一个著名的诗人陶潜，他的诗全是歌咏自然，而且是民众化了，在中国诗歌里能另辟一个境界。他的作品除了诗歌，如《归去来辞》《五柳先生传》《桃花源记》等也都是不朽的作品。当时的诗人以陶、谢并称，谢是谢灵运，他的诗善于摹写山水风景，虽和陶潜并称，却比不上陶潜。此外，在晋代的文人诗如阮籍的《咏怀》、郭璞的《游仙诗》、左思的《咏史》，都是名著。

桃花源图（局部）〔明〕仇英 绘

（九）文学论文及文学批评的产生

关于这一类的著作在中国很是缺乏，曹丕的《典论·论文》虽然是开了端，但是极简单的一篇，不曾成为专书，直到南北朝时才产生了三部名著：（1）刘勰的《文心雕龙》，可说是一部文学原理兼文学史、文学批评的书；（2）钟嵘的《诗品》，他把汉、魏以来的著名诗人分为上、中、下三品，每人穷究其诗学的源流，并品评他们的优劣，这可说是一部文学批评的书；（3）任昉的《文章缘起》，说明各种文体的起源，可说是一部和文学史相类的书。三书之中以《文心雕龙》为最好，虽然他的见解在今日看起来很有不对的地方，他用四六文写也是一个错误，但在当时候不能说不是一部杰作，到现在还没有失掉历史上的价值。唐、宋以后的诗话、文谈之类虽然是多到不可胜数，但是能够有系统如《文心雕龙》一般的却不多见。

二、晋南北朝文学的特点

（1）梁昭明太子萧统选了一部《文选》，是《楚辞》以后的第一部诗文总集，《诗经》以后的第二部诗文总集。但是它的范围比《诗经》和《楚辞》更广了，分类比《诗经》和《楚辞》更多了，它是中国文学史上一部著名的选本。分类虽然分得不好，但是影响于后世文学界很深，后来的总集如《唐文粹》等都学着它的分类法，后世文人有专门学汉、魏、六朝文的，以《文选》为模范，而称为“选体”或称为“选学”。它的势力非常的大。

（2）陶潜作《桃花源记》，借此描写他的理想社会，就是演绎《老子》书中“小国寡民”的一节，已经独立成为一篇短篇小说。他的实质就是“寓言”，但是已经独立成篇，而且很注重词采，和周、秦诸子中的“寓言”不同。唐以后的文集里往往有独立成篇的“寓言”，就是由《桃花源记》变化来的。有人说陶潜所记的桃花源是实有其地，就是在今湖南桃源县地方，这话是完全不对的。原来桃源县的名称是根据《桃花源记》而来的，不是先有了桃源县而后有《桃花源记》。今有人亲到桃源县的桃花源去游历过，据说，绝不像陶记中所说的桃花源。

（3）这时候的散文书信也很优美。寥寥的几句话，风致非常潇洒。后人称它为“小简”，而“小简”在文学中也就占了一个位置。

（4）南齐时周彦伦初曾隐居钟山，后又应诏出为海监令，他的朋友孔稚珪作了一篇《北山移文》讥刺他，全篇托为山灵的口吻，近于游戏，便开游戏文之端，后世继起作游戏文的人就不知多少。这是中国文学界一个不很好的现象。

（5）音韵本是文字学的一部分，和文学没有多大的关系，虽然在孙炎、李登已开始研究了，但还和文学没有发生关系。自从沈约作《四声谱》，创为文学当讲四声之说，《四声谱》原书今已不传。于是作诗的人都要先讲平仄声，又创“八病”之说，给后世一个很坏的影响。

（6）古代有一部地理书名叫《水经》，不知是何人作的，到北魏郦道元把它加了注解，称为《水经注》，注中的话有许多描写风景的地方，写得很好。唐代柳宗元就学它做了许多的“游记”，柳宗元的“游记”多学《山海经》及《水经注》处，我另有文辨明他。因此“游记”一体在文学界也占了一个位置。

（7）晋代的僧人法显于东晋安帝三年出发，往印度求佛学，经过十五年而后由狮子国今锡兰[1]。取道回来。他做了一部旅行记，名《佛国记》，今《汉魏丛书》中有此书。今英、法、德文皆有译本。或说法显归途所经过的耶婆提就是今美洲墨西哥的地方，法人有此说，在中国方面章太炎也主张此说。或又说，法显实没有到过美洲，只到过今南洋群岛如爪哇等地。这两说，以后说比较的更确。总之无论法显到过美洲没有，而他的一部《佛国记》总是一部极有关系的书。

（8）史家文学有陈寿的《三国志》，后人取它和《史记》及“前后汉书”并称“四史”，也是一部极有名的著作。

此外如郭璞注《尔雅》、注《方言》，都是极重要的工作。又如嵇含著《南方草木状》，为后世草木谱录之祖；陶弘景著《刀剑录》，开后世器物谱录之端。诸如此类的著作还有许多，但和文学的关系较少，这里不多说了。

---

① 即斯里兰卡。

第六章

唐代的文学

一、唐代文学变迁的大势

我们一说到唐代，总以为唐代是诗歌的黄金时代，除了诗歌，没有什么旁的文学可说。其实也不尽然。唐代固然是诗歌的黄金时代，但只是限于文人诗的发展，说到民歌，倒反不及晋、南北朝了。而除了诗歌，“传奇”也是唐代特别的产物，散文也不能说没有记录的价值。此外印度文学对中国的输入，和中国文学对日本、高丽的输出，同样是重要的问题。今分别叙述如下。

（一）文人诗发展到极高限度及其派别

文人诗的发展，从形式上说，“五言”“七言”“律诗”“绝句”各种的体裁到唐代已极完备了。从实质上说，儒家、道家、佛学各种的思想到唐代也已完备了。唐代可以说是集文人诗之大成。它已发展到极高限度，变无可变，只得转变而为词了。

唐代的诗歌作者，在初期是以王勃、杨炯、卢照邻、骆宾王及沈佺期、宋之问为最著名。然他们的诗实在不能说是好。他们完全因袭南北朝文人的习气，只讲表面的精美华丽，毫不在实质上注意，这是一种无价值的贵族文学。**南北朝时民歌很好，但文人的诗不好**。直到李白、杜甫出来，才开辟个新的局面，可以说诗歌界的大革命。

不过在李、杜以前再有陈子昂和张九龄二人，他们确能算是革命的先驱者，不过没有成功，直到李、杜才算大功告成了。

李白的思想是出于道家，出于道家的神仙一派，他又任侠使气，好击剑饮酒，他的生活可以说是合仙与侠而为一，他的诗就是合仙与侠而为一。“西来青鸟东飞去，愿寄一书谢麻姑。”“遥见仙人彩云里，手把芙蓉朝玉京。”这是仙人的诗。“感君恩重许君命，太山一掷轻鸿毛。”这是侠客的诗。“安得倚天剑，跨海斩长鲸。”便是合仙与侠而为一了。杜甫呢，他的思想完全是儒家的忠君爱国的思想，他又是一个富于情感的人，把他对于国家、对于家庭极真极深的情感，充分发挥在他的诗里，而又极其纯粹，没有一点复杂的分子夹在里面。如：“国破山河在，城春草木深。感时花溅泪，恨别鸟惊心。烽火连三月，家书抵万金。白头搔更短，浑欲不胜簪。”我们只读这一首诗，就可以窥见杜诗的一斑了。后人又称杜诗为“诗史”，因为他的诗里有不少的

李白行吟图　〔宋〕梁楷　绘

史料。如《石壕吏》《垂老别》等篇都是描写天宝大乱时人民苦于征役的状况，描写得非常切实，这一点也是杜诗的好处。杜诗又善于写实，对于寻常的事、寻常的物，老老实实写下来，而能惟妙惟肖，这一点也是杜诗的好处。不过他的诗太讲格律，未免有过于拘谨处，和李白的诗纵横驰骋、不受一切的约束完全不同。

在李、杜的前后有王维、孟浩然、高适、岑参、韦应物、韩愈、柳宗元等人，都是诗学史上极重要的作者。高适和岑参的诗多高亢之音、爽快之语，绝没有一点含蓄，这当然是受了南北朝时胡人民歌的影响。王、孟、韦、柳四人都是学陶，但是各得陶诗的一部分，所以各有面目，绝不相同。韩愈是一个儒者，他的思想也很纯粹，但是他的情感不及杜甫丰富，换一句话说，就是作诗的天才不及杜甫，所以杜、韩终不能够并称。

此外再有孟郊和贾岛是和韩愈同时，他们因为性情和环境的关系，作成他们自己的诗。又有李贺也因他性情和环境的关系，作成他自己的诗。虽然不能和李、杜等人并论，却是能够充分表现自己的个性，后人评他们的诗说：郊寒、岛瘦。又说：太白仙才，长吉李贺鬼才。我们只要读了“寒”“瘦”“鬼才”等字评语，就可以想见他们各人的个性是怎样了。

再有白居易也是个重要的诗人。他的诗大概分为两部分：一部分是闲适，一部分是讽喻。闲适的诗是写出他萧闲舒适的生活，和王、孟差不多，不过更通俗化。讽喻是讥刺时事，对于不好的政治和社会上不良的风俗，都有所讥刺，而文字更是通俗易解。他的《秦中吟》十首、《新乐府》五十首，几乎无人不知道。其他《寓意》《和答》《有木》等共数十首，虽不是指摘某项实事，却也是托物寓意，志在讽世喻俗，也是很好的。《秦中吟》十首中的《买花》《伤宅》、《新乐府》中的《新丰折臂翁》等尤为一般人所爱读。今有人称他为“社会诗人”，这个名词是很确当的。和他同时有个元稹，作诗也以浅近易读为主，他们二人是很好的朋友，后人将他们并称，评他们为元轻白俗。

在唐末有李商隐、温庭筠等人以作艳诗著名，又是一派。有陆鲁望[①]、皮日休等人专作极浅近的诗，也是一派，然词浅而意亦不深，不能算是好诗。在那时候只有杜牧比较的算好。

唐代的诗人原不止这几个，但是在我这本文学史里只有

① 即陆龟蒙，字鲁望。

这一点相当的地位，叙述这几个相当的人，然而大概最重要的诗人已无遗漏了。

（二）民歌的新发现

唐代的文人诗虽发展到极高的限度，而在民歌方面却没有什么新的发展。在唐代新发现的民歌，只有《竹枝词》一种，在文学界占了一个重要的位置。

《竹枝词》本是巴、渝、沅、湘间的一种民歌，经刘禹锡把它修改了一下，成为今日所见的《竹枝词》九首，又二首，共十一首，下面就是十一首之二。

山桃红花满上头，蜀江春水拍山流。花红易衰似郎意，水流无限似侬愁。

杨柳青青江水平，闻郎江上唱歌声。东边日出西边雨，道是无晴却有晴。

刘禹锡改巴、渝民歌为《竹枝词》，正和屈原改湘、沅间祀神歌为《九歌》是一样的有价值。

《竹枝词》是唐代新发现的一种民歌，然当时的文人如顾况、白居易等纷纷地拟作，不知这一类的诗歌只能由文人根据民歌而改作，万不能凭空拟作的，当时候顾况、白居易等人纷纷拟作，结果是没有一首好的。而唐以后的文人拟作的更多，且由民歌转变而为咏风俗的纪事诗，那更是错而又错了。“竹枝”二字本不知是怎样解，但是后世文人却又从《竹枝词》演化而为《橘枝词》《桃枝词》《桂枝词》《松枝词》《荔枝词》《樱枝词》，乃愈趋愈远了。关于《竹枝词》的演化，我有《竹枝词辨》，载《中国文学辨正》内。

此外，再有《叹五更》及《十二时》，见于《敦煌零拾》。据云：五代写本。或此等民歌在唐末已有，但不能确定，所以唐代的民歌所可叙述的还是只有《竹枝词》。

（三）“乐府”的变迁

自从汉武帝设立“乐府”，叫文人作诗入乐，并采民歌以入乐，“乐府”二字的名称，一直流传到现在。但是实际上已经过许多的变迁了。今但就唐代而论，就有一种很复杂的情形。

唐代所谓“乐府”大概可区分四种：

（1）文人作的郊庙歌及凯歌，是可以入乐的。如张说的《唐封泰山乐章》，褚亮的《祈谷乐章》等都是。他们是冠冕堂皇的文章，和《诗经》里的颂一样。

（2）文人借用汉、魏以来的“乐府”的旧题目而作的诗，虽然称为“乐府”，并不能入乐。如李白的《关山月》《将进酒》《君马黄》《有所思》《战城南》等都是。

（3）文人创作的“新乐府”，就是白居易的《新乐府》五十首。它当然不能入乐，也不用乐府旧题目，只不过讽世喻俗，有古代采诗观风的遗意，所以称为“乐府”。

（4）伶人所唱的乐歌，乃是采取文人诗略加改变而成为乐歌的。如旗亭伶官所唱王昌龄的“寒风连江夜入吴”，王之涣的“黄河远上白云间”等都是。

以上四种“乐府”我们必须把它们分开来叙述，才说得明白。前面两种不过是因袭老法，没有多大的价值。第三种虽然是另有好处，却是实在和音乐无关。其中以第四种为最有价值。而且它在诗歌界里有很大的关系，就是由诗变为词的一个关键。这一层可参看下文。

（四）词的萌芽

词是唐代的产物，但是还刚刚产生，和诗还没有分离。旧说在李白时已经有词了，然今所传的李白《菩萨蛮》词，多数人认为是后人假托的，所以今人多以为词是产生于白居易等人以后，唐末温庭筠、韦庄、韩偓等人方才喜欢作词。

词所以产生的原因，当分开两方面来说。

（1）从词的名称上说，白话诗称为“词”，民歌也称为“词”。所以唐代王建的《宫词》叫“词”，刘禹锡的《竹枝词》也叫“词”。但是它们固定的形式还是和诗没有分别，它们用一个“词”字的名称，就是表明比文人诗更通俗化，更民众化。所以有人也把《竹枝词》当作词看，但称为《竹枝》，又称为《竹枝子》，而其他词调名称子的又很多，如《渔歌子》《天仙子》《生查子》《山花子》《捣练子》等。如此说来，《竹枝子》和《竹枝词》的两个名称上，还很有可以研究的地方。

（2）从词的实质上说，伶人取文人的诗而入歌，实际上就是词。另有文人取伶人传唱小调，剪裁修饰，使它带点文人化，也就是词。

前者的例，如旗亭伶人所唱的王昌龄、王之涣等人的诗就是。当时伶人所唱，和他们的原文略有不同，这一层我们可以拿宋人取“唐诗”为词做例子。

青山隐隐水迢迢，秋尽江南草未凋。二十四桥明月夜，玉人何处教吹箫？

唐杜牧的诗

秋尽江南叶未凋。晚云高。青山隐隐水迢迢。接亭皋。二十四桥明月夜，弭兰桡。玉人何处教吹箫。可怜宵。

宋贺铸的词，见《东山寓声乐府》

他为什么要改变原文？无非是要能歌罢了。这虽然是宋人取唐人诗为词，却可以因此推测唐代伶人取文人诗入歌也是这样。倘然照原文，一字不易，是绝不能歌的。唐代伶人能知取文人诗入歌，已是他们的程度比较的高，和文人已很接近，所以能取诗入歌；另一种程度比较低的伶人、妓女等，他们也有他们自己的歌曲，比较的通俗得多，但是情感很真挚，风调很自然，自有一种特别的好处。于是就为文人所采取，经过若干修饰的功夫而变为词。

后者的例可先看唐代教坊中的歌曲：

高卷珠帘垂玉牖。公子王孙女。颜容二八小娘，满头珠翠影争光。百步惟闻兰麝香。口含红豆相思语，几度遥相许。修书传与萧娘：倘若有意嫁潘郎，休遣潘郎争断肠。

《竹枝子》，见《敦煌零拾》

它是怎样的通俗！我们再看唐代教坊中流传的歌曲和文人词的比较。

髻绾湘云淡淡妆，早春花向脸边芳。玉腕慢从罗袖出，捧杯觞。纤手令行匀翠柳，素咽歌发绕雕梁，但是五陵争忍得，不疏狂！

《浣沙溪》，见《敦煌零拾》

夜夜相思更漏残，伤心明月凭栏干，想君思我锦衾寒。咫尺画堂深似海，忆来惟把旧书看，几时携手入长安？

韦庄《浣溪沙》

《浣溪沙》本来又作《浣沙溪》，而“涣”“浣”也就是一音。而韦庄的《浣溪沙》和教坊所唱《浣沙溪》格调大致相同，只不过每一阕的末句，教坊歌曲比较的冗长。可见韦庄这首词的格调是本着教坊中所唱的歌曲加以修饰而成的。

唐代的词产生的原因大概是如此。不过词在唐代只算是刚刚萌芽，要到五代才成立，到宋才有变化。这都放在下文去讲。

（五）“传奇”的创作

唐代的“传奇”是很有名的。这种“传奇”是由晋、南北朝的小说演变而来的，不过它们能自成一种体裁。“传奇”的材料大多数是佳人、才子、英雄、侠客的故事，但也有许多神仙故事，因为唐代崇尚道教，一般人的心理都很信神仙。所以神仙故事也很盛行。

“传奇”的形式是一篇独立的短篇小说。它们当然不是用通俗文字写的，而且有意注重词采，所以作得很美丽，完全是文人阶级的产物，和民众没有关系。

“传奇”的代表作品，如《虬髯客传》是写李靖遇见红拂女和虬髯客的故事，虽以儿女、英雄为主，却牵涉李靖佐李世民得天下事，范围比较的大。这篇作品也比较的作得更好，旧题为张说撰，或又题为五代时杜光庭撰，大概以后说为是。李泌的《枕中记》是一篇神仙故事，也很有名，后世文人常用的“黄粱梦”的典故就是根据于此。元稹的《会真记》是一篇恋爱的故事，主人是张生和崔莺莺，后人根据这篇传奇演成一部著名的《西厢记》。李朝威的《柳毅传》写柳毅代龙王的女儿传书的事，是一篇恋爱兼神怪的故事，

红拂图 〔明〕尤求 绘

也作得非常之好。此外如杨巨源的《红线传》[①]、李公佐的《谢小娥传》及《南柯太守传》、白行简的《李娃传》、陈鸿的《长恨歌传》、许尧佐的《章台柳传》、皇甫枚的《三水小牍》、杜牧的《杜秋传》等还有许多。总之传奇是唐代一种大量的产品。

“传奇”大概是产于唐代中期以后。《虬髯客传》虽说是张说作的，然不可信，若认为是杜光庭作的，则杜光庭是五代时人，而唐代其他的“传奇”作者时代都很晚，那么，可以说“传奇”是唐代中期以后的产物了。

唐人除了“传奇”，再有笔记式的小说，如刘肃的《大唐新语》、薛用弱的《集异记》、王恽的《幽怪录》[②]等也很多，但是没有什么特色，在这里可不必多述。

（六）“歌舞戏”的流行

说到中国的戏曲，大家都知道直到元代才完全成立。但是从南北朝到唐已有一种歌舞戏了，不过流行得还不广，出数也不多。出是后来的名词，当时没有这个名词。现在根据段安节的《乐府杂录》和崔令钦的《教坊记》这两书的作者都

① 《红线传》应为袁郊撰。

② 《幽怪录》应为牛僧孺撰。

是唐代人。及其他“笔记”等书，知道在唐代有五出“歌舞戏”，有一出疑是“歌舞戏”。现在分别略述如下：

（1）大面 《教坊记》云：“大面出北齐。兰陵王长恭性胆勇，而貌若妇人，自嫌不足以威敌，乃刻木为假面，临阵著之。因为此戏，亦入歌曲。”又见《乐府杂录》及《旧唐书·音乐志》，皆作“代面”，故事大同小异。

（2）钵头 《乐府杂录》云：“钵头——昔有人父为虎所伤，遂上山寻其父尸。山有八折，故曲八叠。戏者被发，素衣，面作啼，盖遭丧之状也。”又见《旧唐书·音乐志》，作“拨头”，谓是西域胡人的故事。

（3）踏谣娘 《教坊记》云：“北齐有人姓苏，齁鼻。实不仕，而自号为郎中。嗜饮，酗酒，每醉，辄殴其妻。妻衔悲，诉于邻里。时人弄之，丈夫著妇人衣，徐步入场行歌。每一叠，旁人齐声和之，云：‘踏谣，和来！踏谣娘苦！和来！’以其且步且歌，故谓之‘踏谣’；以其称冤，故言‘苦’。及其夫至，则作殴斗之状，以为笑乐。”又见《旧唐书·音乐志》，“踏谣”作“踏摇”，谓其妻悲诉，每摇顿其身，故号“踏摇娘”。又见《乐府杂录》作“苏中郎”。

（4）参军戏 《乐府杂录》云：“开元中，黄幡绰、张野狐，弄参军，始自后汉馆陶令石耽，耽有赃犯，和帝惜其才，免罪，每宴乐，即令衣白夹衫，命优伶戏弄辱之，经年乃放。后为参军，误也。”又见范摅《云溪友议》及赵璘《因话录》。

（5）樊哙排君难戏　《唐会要》云：“时盐州雄毅军使孙德昭等，杀刘季述反正，帝乃制曲以褒之，仍作《樊哙排君难》戏以乐焉。”按，此戏当然是演樊哙和汉高祖的故事，就是后世戏剧中所谓《鸿门宴》了。他书又作樊哙排闼剧。

（6）康老子　《乐府杂录》云：“康老子即长安富家子，落魄不事生计，酷好声乐，常与国乐游处，一旦家产荡尽。偶一老妪持旧锦褥货鬻，乃以半千获之。寻有波斯见，大惊，谓康曰：‘何处得此？是冰蚕丝所织，若暑月陈于座，可致一室清凉。’即酬千万。康得之，还与国乐追欢，不经年，复尽。寻卒。后乐人嗟惜之，遂制此曲，亦名‘得至宝’。”这就是“康老子”一曲的本事。原文但云“遂制此曲”，然单是歌唱或兼表演，不得而知，故不能十分确定是歌舞戏。

此外《霓裳羽衣曲》《柘枝词》虽然也是把歌舞并合在一起，然不表演故事，姑不列入“歌舞戏”的范围以内。

又有“搊弹家”，《教坊记》大约说：宫中女子习琵琶三弦，谓之搊弹家。而敦煌石室中曾发现唐代七字为句的通俗唱本，大约和后世“弹词”相似。而董解元的《西厢记诸宫调》亦称“搊弹词”。并此三事合看起来，疑唐代亦有一种和“弹词”及“滩簧”相似的文艺。

（七）“散文”的变迁

“散文”这个名称是对于“辞赋”及“骈文”而言的。从周、秦以后，汉、魏重“辞赋”，南北朝重“骈文”，在这一个长时期中，“散文”很是消沉，直到唐代才复盛起来。

“散文”这个名称包含得很广。只有写情的“散文”才是纯粹的文学作品，不过其他“散文”和文学的关系也很深，我们不能丢掉不讲。这里就把它放在一起叙述。

唐代“散文”的复盛，可说是从韩愈起头。韩愈以前，大家还都是注重“辞赋”和“骈语”，虽然有少数的“散文”，如李白《与韩荆州书》等类，但还不能完全脱离南北朝的习气。直到韩愈才完全改变了。《新唐书·文艺传序》以为唐代的文章有三次变化，以王、杨、卢、骆为一变，燕张说、许苏颋为一变，韩、柳又为一变。《群书备考》根据这话加以说明云：

唐之文章无虑三变：王、杨始霸，如丽服靓妆，燕歌、赵舞，虽绮丽盈前，而殊乏风骨。燕、许继兴，波澜顿畅，而骈俪犹存。韩愈始以古文为学者倡，柳宗元翼之，豪健雄肆，相与主盟当世。

照此看来，唐代的“散文”在韩愈以前，虽然经过两次变化，但是都不能脱掉南北朝的习气，陈陈相因，没有什么价值。到了韩愈觉得这种“骈文”太束缚了，太呆板了，他就起来倡为“古文”，解除束缚，恢复自由，使极呆板的骈文变为较活泼的散文。韩愈这种运动，在他是号为复古，但在我们也可以说他是革命。因为他这种表面似乎复古的运动，在实际上是含有革命的性质，所以他的运动能够成功，而韩愈也就成了中国文学界一个重要的人物。自从韩愈以后，“古文”二字在中国文学界里就成了一个名称。其实这个名称是不能成立的，不过习惯太深了，因为各方面的关系，所以沿用到最近，还不曾完全消灭。

当时候由韩愈提倡“古文”，附和他的人很多，可以说是风靡一时。其中最著名的就是柳宗元。后人以韩、柳并称，实在也只有韩、柳两人做得最好。此外韩愈的学生如李

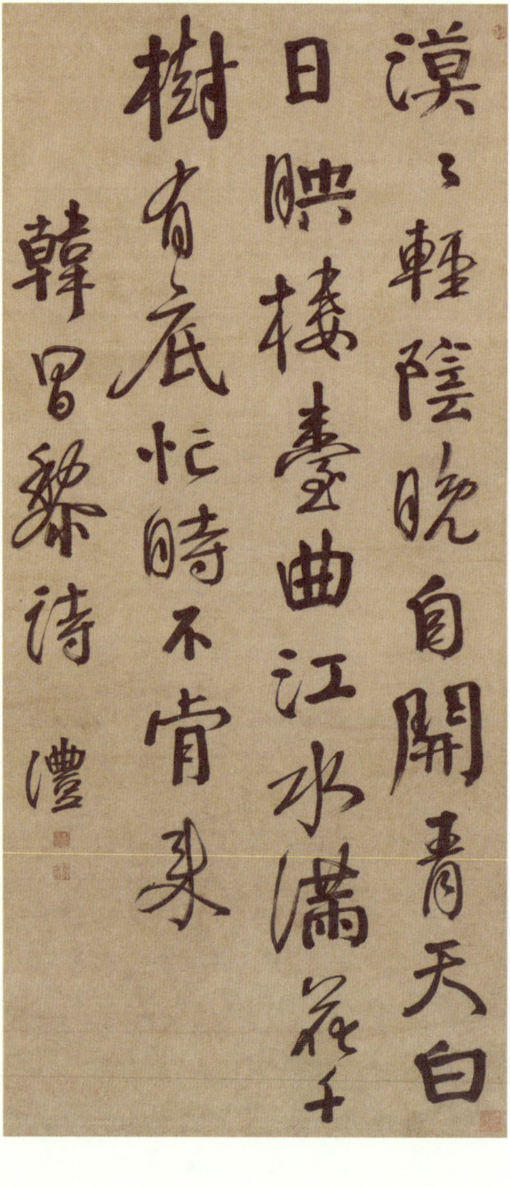

行书韩昌黎诗 〔清〕钱沣 书

翱、张籍、皇甫湜诸人虽然也很有名，但是作品比较的已不好。此外唐末如陆龟蒙、罗隐等人更是萎靡不振了。

韩愈和柳宗元虽然并称，但是他们二人的文也绝不相同。韩愈的思想完全是儒家的思想，他的情感也很丰富，所以他有几篇很好的抒情“散文”，如《祭十二郎文》等，是极有价值的作品。柳宗元读书读得比韩愈多，不仅仅在儒家的范围以内，所以他的思想比韩愈好得多。柳宗元的作品以两种为最好：一种是“寓言”，如《郭橐驼传》《梓人传》《三戒》等篇便是，这种思想是从周、秦诸子中得来的。一种是“游记”，就是他在永州、在柳州时所作的游山水小记，描写山水风景，取法于《山海经》《水经注》，而能够变化扩充，成为他自己的一种创作，而开后世“游记文”之端。这是韩、柳文的不同处。

（八）通俗文学的流行

唐代虽然是以文人文学为特色，但是通俗文学也不是完全没有。前面讲词的一段里，已经说起教坊中所唱的歌曲了。讲“歌舞戏”的一段里，也说起那时候有类似“弹词”的一种作品了。这些都是通俗文。此外再有一种通俗小说，已开宋代“评话”之端。

这种通俗小说一直没有人知道，直到最近才从敦煌石室中找出一段来，虽然无头无尾、残缺不全，但还可以看得出一些大意。它是记唐太宗入阴间的事，全是用浅显明白的俗语写出来的。其原文如下：

判官懆恶，不敢道名字。帝曰："卿近前来。"轻道："姓崔，名子玉。""朕当识。"才言讫，使人引皇帝至院门。使人奏曰："伏惟陛下且立在此，容臣入报判官速来。"言讫，使者到厅前拜了："启判官：奉大王处，太宗是生魂到，领判官推勘，见在门外，未敢引入。"崔子玉闻语，惊忙起立。

下阕

虽然仅仅的这一段，但已可知唐代已有这种通俗小说了。其他通俗文学作品，从敦煌石室中发现出来的还有许多，如韦庄的《秦妇吟》也是一种。那些原本大概被斯坦因携归英国藏在伦敦博物馆中，但是转录翻印的，在中国也容易见到，如《敦煌零拾》及《考古学零简》等书所辑录的就是了。

（九）外国音乐、戏剧及传说的输入

中国文学自从汉武帝制“乐府”，采用西域器以后，在实质上及形式上都和外国发生了关系。经过魏晋、南北朝到唐输入的愈多，关系也愈深切。同时佛学的思想，和文人诗的关系，比南北朝也更深。又有波斯、阿拉伯人从南方由海道和中国通商，因此，他们的传说也多带入中国，来混杂在中国的故事中。情形很是复杂。今分别叙述如下。

今先说西域音乐及戏剧的输入。唐代的西域诸国，就是当时候的龟兹等国，他们的音乐传入中国很是普遍。如李颀的诗：“南山截竹为觱篥，此乐本自龟兹出。流传汉地曲转奇，凉州胡人为我吹。”觱篥就是龟兹乐器的一种。西域乐器继续不断地输进来，因此西域的戏剧也就跟着输进来。如本章前面所述的“钵头”一剧，就是从西域传来的。《旧唐书·音乐志》说：“拨头出西域。”“拨头”就是“钵头”，而“钵头”二字就是外国字的译音。传入中国虽不能确定是在什么时候，然大概可说是在隋、唐之间。这是唐代文学和西域的关系，也是中国戏曲史上一件重要的事情。

再说印度吧。那时印度的音乐和歌曲更是充分地输入进来。据南卓《羯鼓录》所载诸宫曲，有诸佛调曲一类，

全是印度的歌曲。原书只有曲目，没有曲文，现在照录如下，以供参考：《九仙道曲》《卢舍那仙曲》《御制三元道曲》《四天王》《半阁磨奴》《失波》《辞见柞》《草堂富罗》《于门烧宝实头伽》《菩萨阿罗地舞曲》《阿弥陀大师曲》，以上标明为诸佛调曲。此外各类中也有印度歌曲，一望而知的，如《婆罗门》《香山》《禅曲》《阿罗汉众僧曲》《无量寿》《大燃灯》等都是。曲文如何，虽不可见，但是我们看了这些曲目，可以知道当时印度歌曲输入之盛。就是著名的《霓裳羽衣曲》，据《全唐诗·霓裳辞》注上说，也是参酌《婆罗门》曲的声调而制成的。

今敦煌石室中发现的唐时佛曲，据《敦煌零拾》所载三种，其中一种是演《维摩经》，其他二种不知是演何经，是用五七言诗夹杂白话叙述故事，为宋人“评话”及后世“弹词”的远祖。

佛书中的字混杂在文人诗里，佛书中的哲理融化在文人诗里，虽然南北朝时已然，待到唐代而愈显著。例如“导以微妙法，结为清净因”孟浩然诗。“闲持贝叶书，步出东斋读”柳宗元诗。微妙法、清净因、贝叶书，都是佛经中的字。又如：

闻君减寝食，日听神仙说。
暗待非常人，潜求长生诀。
言长本对短，未离死生辙。
假使得长生，才能胜夭折。
松树千年朽，槿花一日歇。
毕竟共虚空，何须夸岁月。
彭殇徒自异，生死终无别。
不如学无生，无生即无灭。

白居易《赠王山人》

这首诗中重要的一句，无生无灭，就是佛经中的哲理。

至如寒山、拾得的诗，乃是“佛偈”，可当“禅门语录”看，乃又是另一种。

最后说波斯和阿拉伯。本章前面关于“歌舞戏”的一段里所述的“康老子”一戏，中间所说的波斯，就是波斯商人，中间所说的冰蚕，就是波斯人眼中的宝物。这一出剧当是根据一种传说演成的，而这种传说和波斯有密切的关系。

唐人张读的《宣室志》里有一个故事，大略说：

当时候有人名叫陆颙，他自小喜欢吃面。一天，有几个胡人来访他，送他许多东西，说他肚里有一个面虫，他所以

寒山拾得图 〔清〕金廷标 绘

喜欢吃面，不是人吃，乃是虫吃。他们拿一粒药给颙吞了，果然吐出一个面虫来，略和蛙蟆相似。胡人把面虫放在金盒子里带回去了。

过了许多时候，他们又来访陆颙，约陆颙一同往里去求宝。到了海边，胡人把面虫放在银锅里用火来炼。炼了七日七夜，海里的水怪已感觉不安了，就有一个童子从波涛中出来，捧了珠子献给胡人。胡人不受。童子去了，又有美女从波涛中出来，捧了更好的珠献给胡人。胡人还是不受。美女去了，波涛中再有披霞衣、戴碧冠的仙人出来，捧了最大的珠献与胡人。胡人才受了。把面虫从锅里取出来，但还没有死。

胡人得了那粒最大的珠，就可以自由往海里去游玩，任便什么龙宫、蛟室都可以走到，任便什么珊瑚、珠宝都可以任意采取。胡人带陆颙入海去游玩了一回，采取了许多珠宝回来。

这个故事的原文很长，也作得很好，现在只不过节译大意如此，但是重要的各部分都已有了。这个故事中所说的胡人，不是阿拉伯人就是波斯人。这个故事的本身，也绝不像中国的故事，倒有些像《天方夜谈》[①]中的故事，或者就是

① 即《天方夜谭》，《一千零一夜》的旧译。

阿拉伯的故事而中国化了。

我另外从几个民间传说中寻出中国的传说，和《天方夜谈》中的故事相同，也可以做这一段的旁证，证明确有阿拉伯的故事混杂在中国故事中。我另有《识宝回子》和《西域贾胡眼中的宝贝》两文，详细地说明它。

（十）中国文学对高丽、日本的输出

在唐代，中国文学的国际关系可说是热闹极了。一方面西域印度的音乐、歌曲、戏剧对中国充分地输入，另一方面中国的文学对高丽及日本又充分地输出。岂不是一个极热闹的时代吗？中国文学的输出虽然也是开始于南北朝，但是至唐而极盛。今把它放在唐代的文学里来讲。

如今先叙高丽。今日的高丽境内，在隋、唐间也不止一国，称为高句丽、百济、新罗等，其间也有许多兴亡分合的话，不过这是通史上的事，我们这里暂且不说。高丽，或说为箕子之后，本与中国同出一源，或又说不是，这又是民族史上的话，我们这里也暂且不说。只说在隋、唐之间，高句丽、百济、新罗等国和中国交通，极羡慕中国，把中国一切的文化都搬过去，而文学也就是其中的一种。

在那时候高句丽等国都通行中国文，他们的文人也都会

作中国诗，渐渐地成为风气，一直到最近也没有完全改变。唐以后高丽人的中国诗如《元诗纪事》《明诗综》《列朝诗集》及清人诗话中所记的很多，唯《全唐诗》不注意外国诗，所以唐代高丽人诗比较的少见。

据我所见，有《桂苑笔耕集》为唐时高丽人崔致远所著。致远曾出使中国，即仕于唐，其集为表、赋等杂文，并古今体诗共二十卷。《四部丛刊》影高丽旧刊本。今录其诗二首如下：

海山遥望晓烟浓，百幅帆张万里风。
悲莫悲兮儿女事，不须惆怅别离中。

《酬进士杨赡送别》

山面懒云风恼散，岸头顽雪日欺销。
独吟光景情何限，犹赖沙鸥伴寂寥。

《春晓闲望》

而《全唐诗逸》日本人辑。所收致远的绝诗一首，断句若干联，又多为《桂苑笔耕集》所不载。如“画角声中朝暮浪，青山影里古今人”《登润州慈和寺上房》。“云布长天龙势逸，风高秋月雁行齐”《送舍弟严府》。都是很好的诗。

《全唐诗逸》又载新罗人金立之、金可纪二人诗，如“山人见月宁思寝，更掬寒泉满手霜”金立之《峡山寺玩月》。“波冲乱石长如雨，风激疏松镇似秋”，金可纪《题游仙寺》。都是很好。这可见他们能作中国诗的人很多。

又《诗人玉屑》第十五卷记贾岛和高丽诗人的故事云：

> 高丽使过海，有诗云：“水鸟浮还没，山云断复连。”贾岛诈为梢人，联下句云：“棹穿波底月，船压水中天。”丽使嘉叹久之，自此不复言诗。

按，贾岛的诗固然是险怪惊人，然那高丽使臣的诗不算好，也不算坏，不过贾岛两句能压倒他，且贾岛又诈为梢人，所以他就不敢复言诗了。这个故事很有趣，可说是中国文学之国际关系上的一段佳话。

现在再叙日本。日本也和高丽一样，在隋、唐时极羡慕中国的文化，派留学生到中国来留学，把中国一切的政教、风俗、文学、美术都搬过去。

单说文学，日本人的中国文学作品，散文并不好，若说到诗，成绩就很可观。俞樾所辑的《东瀛诗选》四十四卷，共五百余人，可谓洋洋大观。然作者年代不能详考，大抵以中国元、明以后的人居多，而当清代时候的尤多。

我们现在单讲唐代。当中国唐代，日本有空海和尚，大约可算是当时候著名的作者。他曾至中国求学，回国后著《文镜秘府论》，其中所录多唐人佳句，所以唐人诗在中国久逸而为《全唐诗》所不收的，反赖《文镜秘府论》保存到今日。

空海在中国时，曾同中国名人唱和，马总、胡伯崇皆有赠空海诗。据他的《性灵集序》所说：和尚在唐日，作离合诗，赠士僧惟上，泉州别驾马总，一时大才也，览则惊怪，因赠诗云云。

空海的离合诗今不可见，马总赠他的诗也是学他的离合体，不过是游戏文字，毫无足取，但因此可知中国诗人与外国人唱酬赠答的情形。

空海又尝作《伊吕波歌》，至今为日人传诵，但是和文不是中文。

当中国唐代，日本诗人可以考出姓名的，再有藤原清河。他于日本天平胜宝四年出使中国，见唐玄宗，玄宗有赠他的诗云：

日下非殊俗，天中嘉会朝。
念余怀义远，矜尔畏途遥。
涨海宽秋月，归帆驶夕飙。
因惊彼君子，王化远昭昭。

见《送日本使》

再有大江维时著《千载佳句》一书，多录唐人诗句。大江维时亦疑是唐代时人，然不能确定。

再有吉备真备，入唐，改姓名为朝衡，字巨卿。留唐甚久，深通中国文字，归国后取汉字偏旁，始作“假名”，为现代日本字之祖。他从中国搬到日本去的文化当然是不少。

又有小野篁，于唐宣宗时为遣唐副使，也能作中国诗。

总之，日本在欧化以前，事事学中国，文学当然也是学中国，而在唐代乃是日本学中国最盛的一个时代。这一段和前面叙述歌舞戏的一段多取材于拙著《唐代文学》处。

唐后的五代，时期不很长久，文学也没有什么发展，只不过是词在唐代初萌芽，到五代而始成立，在文学史上算一件重要的事。关于作词的文人也有几个，而南唐二主中主、后主尤为有名。此外唐代的“传奇”在五代仍是继续地流行，但不能算是一种创作。

通俗文学方面也和唐末差不多。今敦煌石室中发现的作品都是中唐以后到五代时的产物。

单就文学而言，五代的词可以算是一种特色；若将文学和政治及社会一并而论，可以说五代的文学正好表明那个时代是乱世，是衰世。关于五代的话，只在这里附叙几句，不另立一章了。

二、唐代文学的特点

（1）司空图作《二十四诗品》，是泛论诗歌的品格，释皎然作《诗式》，差不多是作诗法，孟启启又作棨。作《本事诗》，是诗人逸事。这都是唐人著名的作品，而和文学有密切的关系。至如《全唐诗话》虽则也是记唐代诗人的逸事，但作者不是唐人，又当别论。

（2）唐代以诗、赋取士，当时应试的诗赋，另是一体，虽然不能承认它是文学作品，但它和文学关系很深。当时候的文人多少受了这种诗、赋的影响，而这一类的作品，名家诗集里都屏弃不录，如李商隐以《霓裳羽衣曲诗》及第，而《玉溪生集》中无此诗，韩愈以《明水赋》及第，而其赋乃在集外，见《四库全书·麟角集》提要。此类作品除《文苑英华》收入许多而外，再有唐末王棨的《麟角集》及黄滔的《黄御史集》中有的。今考它们的体制，诗是以古人诗句或成语命题，五言十二句，指定以某字为韵，和清代科举时的“试帖诗”完全一样，赋也和清代科举时的赋相似。《困学纪闻》说：“梁元帝《赋得兰泽多芳草》诗。古诗为题见于此。”俞樾《春在堂集·九九消夏录》说：“沈约集中有《江篱生幽渚》诗，以陆机《塘上行》句为题，似更在梁元帝前也。”据此，可知以古人诗句命题，在南北朝时已经有了，并不是从唐人起。

（3）南卓作《羯鼓录》、段安节作《乐府杂录》、崔令钦作《教坊记》，对于当时候的音乐及戏剧的情形，记载得很多，保存不少的史料到现在；吴兢作《乐府古题要解》，把重要的古乐府的题目，逐个加以说明，虽然不精，却也有相当的价值。

（4）吴兢又尝辑汉、魏以来古乐府辞，分为十卷，可说是乐府的总集。唯其书今已不传，后来宋代郭茂倩的《乐府诗集》，性质和它一样，但搜罗得更广博。

（5）李商隐作《义山杂纂》，为游戏文之一种，朱揆作《谐噱录》，系辑录谐语，当然不是文学作品，然此类作品影响于后世文人很深，也有误认它是文学的。

（6）唐人选的“唐诗”，有元结的《箧中集》、殷璠的《河岳英灵集》、芮挺章的《国秀集》等若干种，流传到现在，为“唐诗”选本中的名著。五代人选的“唐诗”，有韦縠的《才调集》，五代人所选的“唐、五代词”，有赵崇祚的《花间集》，都是极有名的选本。

（7）唐末文人喜以俗语为诗，如“今朝有酒今朝醉”“易求无价宝，难得有情郎”等类，很多很多。这也可以见一时的风气。

此外如孔颖达、陆德明等之解经，章怀太子、颜师古等之注史，都是有价值的工作。杜佑作《通典》，为典章制度的巨著，刘知幾作《史通》，为史评、史学通论的创作，释惠琳作《一切经音义》，为后世辞书的初祖，也极有价值。但是和文学的关系很少，概不多述了。

唐初尊儒，太宗开弘文馆，召十八名儒，相与讨论典籍，称为“十八学士”。后又崇尚道教，始尊《庄子》为《南华经》、《列子》为《冲虚真经》、《文子》为《通玄真经》、《亢桑子》为《洞灵真经》、《关尹子》为《文始真经》。《老子》在汉已称为《道德经》。而唐代的佛教也极盛，最著名的唐僧取经的故事，就是根据唐代玄奘的实事而演成的。这虽然是哲学方面的事，但和文学多少有些关系，故把它极简略地叙述几句。

第 七 章

宋代的文学

一、宋代文学变迁的大势

宋代的文学，一般都以词为代表。宋代的词固是有它的价值，但另一方面，“评话”的发达，也是一个时代的特色。其他如文人诗、散文等，也都有相当的价值。今分别叙述如下。

（一）词的发展及其变迁

词成立于五代，至宋而愈发展。但这种发展是由词的产量及词调的增加、词调的由短变长而言。若就词的实质而言，未必是后胜于前。因为唐、五代及宋初的词还很和民间的情歌接近，到柳永、苏轼以后，就渐变而为文人化了。文人的习气太重，反不如民间的情歌表情更为深切。

宋初的词人以晏殊、晏幾道、欧阳修诸人为代表。他们的词还全是“小令”，清切婉丽，同唐、五代的词是一样的。到柳永始为“长调”，于是渐变而为悲壮，到苏轼乃再变为粗豪。那时又有周邦彦，尤精于音乐，善自度曲，更创制许多长调子，他就成为北宋词人的首领之一。柳永及周邦彦都是懂音乐的：在一方面说，所作的词都能歌，是他们的好处；在又一方面说，照着歌谱去填字，未免有牵强不自然处，因此便开了后世填字之端，致使后之作者被讥为“词匠”。苏轼纯是文人，不知音律，他的散文如长江大河一般，滔滔汩汩，一泻千里，他的词也恰好和他的散文一样，“粗豪”二字的批评，是很适当的。

苏轼和柳永各以词负一时盛名，然两人派别不同。苏轼一天问一个优人道：“我的词和柳学士比，哪一个好？”优人说：“学士哪得比相公！相公须用二丈将军铜琵琶铁绰板，唱‘大江东去’；柳学士却著十八女郎唱‘杨柳岸、晓风残月’。”这个优人的话很是确当。我们读了，就可以想见两家的不同处。

北宋的词，除了上面所述的几人，在北宋末再有一个著名的女词人名叫李清照。她的《漱玉词》，在文学界是极有名的。她的佳句“帘卷西风，人比黄花瘦”尤为人所称道。

南宋的词人大概分为两派：一派宗苏轼，以辛弃疾、李清照、刘过为最著名；又一派宗周邦彦，以姜夔、吴文英、史达祖、高观国、张炎为尤著名。其中姜夔更精通音乐，能自制新腔，今所传《白石道人》歌曲，有的词旁边注了工尺号码，犹保留着当时候的乐谱到现在。

南宋也有一个女词人，叫朱淑真。她的《断肠词》和《漱玉词》是一样的有名。集中有“月上柳梢头，人约黄昏后”两句，因有人毁谤她，也有人替她辩护，说这首词不是她作的。若就词论词，确是佳句。

（二）“评话”的发达

“评话”就是今日南方通行的“说书”，普通认为始于宋仁宗时，是宫廷中一种行乐的事情。明郎瑛《七修类稿》云：

> 小说起宋仁宗时，盖时太平日久，国家闲暇，日欲进一奇怪之事以娱之，故小说得胜头回之后即云“话说赵宋某年”……

一般人是认此说为确。其实不然。李商隐《骄儿诗》云：

> 或谑张飞胡，或笑邓艾吃。

似当时优人已有演述张飞、邓艾故事的，即后世《三国演义》之所本。那么，“说书”在唐末已具雏形，不能说至宋仁宗时才有。又苏轼《涂巷小儿听说三国语》云：

涂巷中小儿薄劣，其家所厌苦，辄与钱，令聚坐听说古话。至说三国事，闻刘玄德败，颦蹙有出涕者；闻曹操败，即喜唱快。以是知君子小人之泽，百世不斩。

这也是说《三国志》。那么，说书在唐末宋初早已普遍地流行于民间，不必到宋仁宗时才有，也不必在宫廷中才有。

又据《敦煌零拾》中已有讲唐太宗的通俗小说，详见第六章关于通俗文学一段。则“评话”确非始于宋仁宗时。不过“评话”虽萌芽于唐末，而到北宋才渐盛，到南宋更盛。把它认为宋代文学的特色，是不错的。

“评话”在当时候又称为“说话”，又称“讲史”，又称“演史”。而“评话”又作“平话”，又称“诗话”，因中间有诗句，有白话，故称“诗话”。灌圃耐得翁《都城纪胜》都城指南宋都城，今杭州。记当时“评话”情形，分为四派，其原文云：

仁宗坐像轴 〔宋〕佚名 绘

说话有四家：一者小说，谓之银字儿，如烟粉、灵怪、传奇。说公案，皆是搏刀、赶棒及发迹变泰之事。说铁骑儿，谓士马金鼓之事。说经，谓演说佛书。说参请，谓宾主参禅悟道等事。讲史书，讲说前代书史文传，兴废战争之事。

原文不十分明白。今按，大概以“小说”为一家，“说经”为一家，“说参请”为一家，“讲史书”为一家，故称四家。而“银字儿”“说公案”“铁骑儿”皆包括于“小说”之内。

当时候以此为业的称为“说话人”，他们不但是有专门的人才，而且组织了团体，称为某社。据周密《武林旧事》，当时杂剧有绯绿社，小说有雄辩社，云云。至今苏州的说书人还有光裕社①、润裕社②等名目，门户非常的分明，社规非常的严厉，这大概还是雄辩社的遗风。

这种“评话”在当时候称为“话本”。就“话本”二字看来，可知“话本”是“说话人”自己用的，而不是给一般人看的。“话本”离不了“说话人”，等于“戏本”离不了

① 原名“光裕会所”。建于公元1776年，1912年更名“光裕社”，取“光前裕后”之寓意。

② 由光裕社分化而来，以革新为号召。

演戏人。这一点是研究文学史的人应该注意的。

宋人的“话本”流传到现在的有四种，就是：（1）《宣和遗事》；（2）《新编五代史平话》；（3）《京本通俗小说》；（4）《大唐三藏取经诗话》。详见下文。

其他失传的很多，有许多虽被收入《永乐大典》中，然现在已经没有了，所能供给我们参考的只有钱遵王[①]的《也是园书目》里的十六种目录。现在采录如下：

《灯花婆婆》、《种瓜张老》、《紫罗盖头》、《女报冤》、《风吹轿儿》、《错斩崔宁》、《山亭儿》、《西湖三塔》、《冯玉梅团圆》、《简帖和尚》、《李焕生五阵雨》、《小金钱》、《宣和遗事》四卷、《烟粉小说》四卷、《奇闻类记》十卷、《湖海奇闻》二卷。

这十六种之中，有的还存在，有的已失传，有的已混入他书中，改变了面目。现在把现存的《宣和遗事》等四种说一说，就可以知道这十六种的存亡。

（1）《宣和遗事》 也是园十六种之一。黄荛圃[②]收入《士礼居丛书》，然只二卷。今有《涵芬楼丛书》四卷足

① 即钱曾，字遵王。

② 即黄丕烈，号荛圃。

本。据金陵王氏洛川校正重刊本排印。

（2）《新编五代史平话》 此书初亦无人注意，清光绪时曹元忠得宋刊巾箱本于杭州，武进董康据以影刊，才流传于文学界。其书演述五代历史，为当时“讲史”之一种。于梁、唐、晋、汉、周各分上、下二卷，今梁、汉两代都缺了下卷，而每代上卷之前各有目录，唯梁代缺去，然没有他本校对，无法可补。

（3）《京本通俗小说》 系江东老蟫据元人写本影印。自第十卷至第十六卷。以前缺。末有老蟫跋，谓原本尚有钱遵王图书，盖即也是园中物。其中共七卷，目录如下：《碾玉观音》《菩萨蛮》《西山一窟鬼》《志诚张主管》《拗相公》《错斩崔宁》《冯玉梅团圆》，而末两卷即也是园目录十六种之二。现在可说十六种除了《宣和遗事》《错斩崔宁》《冯玉梅团圆》而外，其他十三种已不可考了。

（4）《大唐三藏取经诗话》 此书在中国久已失传，日本三浦将军藏有宋刊本，罗振玉据以影印。

宋人的“话本”大概如此。到了元代，乃由《宣和遗事》而演化成《水浒》，像《新编五代史平话》的体裁有《三国志演义》，明以后跟着出了《列国志演义》等许多作品，由《大唐三藏取经诗话》而扩充成《西游记》；到了明代乃由《京本通俗小说》的体裁而产生了《今古奇观》。于是产量更多，而体裁也略有变化了。

（三）“散文”的变迁及其派别

宋代“散文”作者以柳开为最早。开为古文，以追随韩、柳自命，在当时也很有名，但不能和后来的欧、苏等人并称。再后有苏舜钦，又后有欧阳修。欧阳修可说是宋代唯一的“散文”作家。因为他的“散文”多偏于抒情，确是文学作品，他的代表作品如《泷冈阡表》《释惟俨文集序》《苏氏文集序》《江邻几文集序》《梅圣俞诗集序》《释秘演诗集序》《岘山亭记》等，都是极好的。大概欧阳修也是一个情感极丰富的人，他的思想又完全是儒家的思想，所以他的文很真挚而纯粹。他又生在太平时代，自己的环境也很好，没有什么刺激，所以他的文极和缓。清魏禧评论他的文“如秋山平远，春谷倩丽，园林亭沼，悉可图画”，我们可以想见他的风格了。

宋代的文学和欧阳修很有关系。著名的三苏洵、轼、辙，都曾受知于欧阳修，曾巩也出其门下，王安石也尝为欧阳修所推挽，后人所称道的唐宋八家，唐得二人韩、柳，宋得六人，六人中欧居其一，其他五人都与欧有关，他可说是

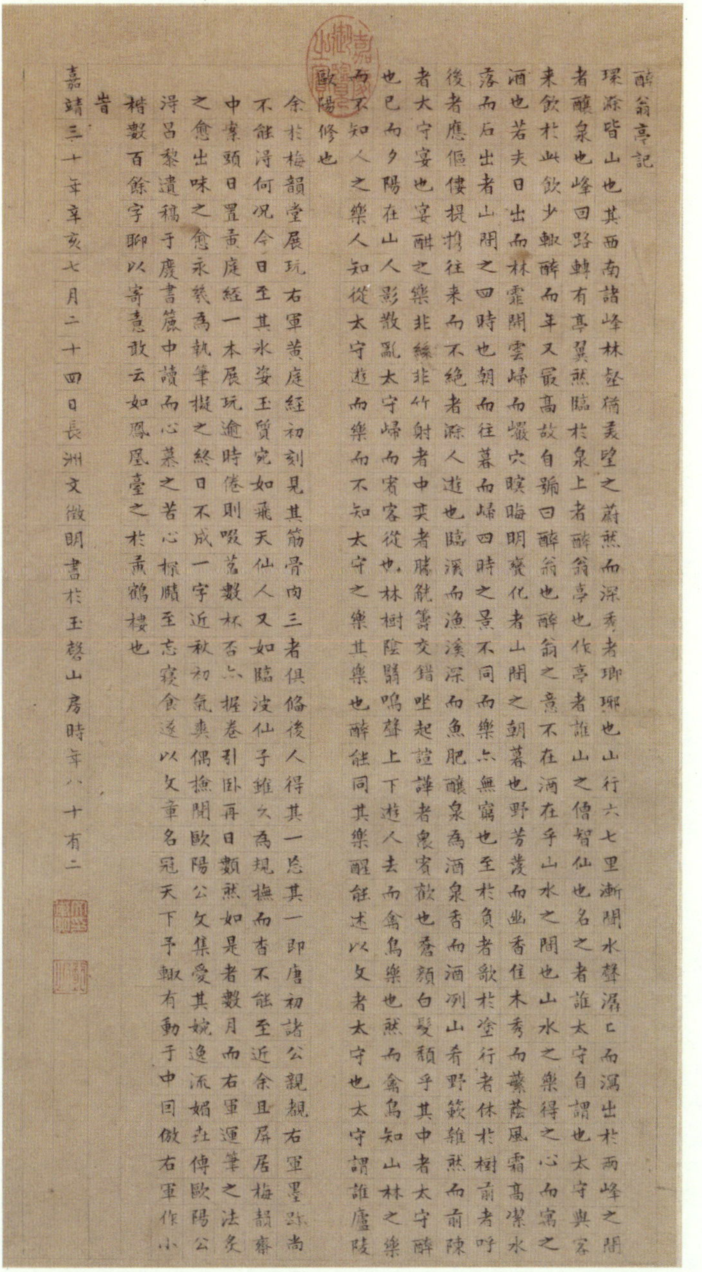
醉翁亭記
環滁皆山也其西南諸峰林壑尤美望之蔚然而深秀者瑯琊也山行六七里漸聞水聲潺潺而瀉出於兩峰之間者釀泉也峰回路轉有亭翼然臨於泉上者醉翁亭也作亭者誰山之僧智仙也名之者誰太守自謂也太守與客來飲於此飲少輒醉而年又最高故自號曰醉翁也醉翁之意不在酒在乎山水之間也山水之樂得之心而寓之酒也若夫日出而林霏開雲歸而巖穴暝晦明變化者山間之朝暮也野芳發而幽香佳木秀而繁陰風霜高潔水落而石出者山間之四時也朝而往暮而歸四時之景不同而樂亦無窮也至於負者歌於塗行者休於樹前者呼後者應傴僂提攜往來而不絕者滁人遊也臨溪而漁溪深而魚肥釀泉為酒泉香而酒洌山肴野蔌雜然而前陳者太守宴也宴酣之樂非絲非竹射者中弈者勝觥籌交錯坐起而諠譁者眾賓歡也蒼顏白髮頹乎其中者太守醉也已而夕陽在山人影散亂太守歸而賓客從也林樹陰翳鳴聲上下遊人去而禽鳥樂也然而禽鳥知山林之樂而不知人之樂人知從太守遊而樂而不知太守之樂其樂也醉能同其樂醒能述以文者太守也太守謂誰廬陵歐陽修也

余於梅韻堂展玩右軍黃庭經初刻見其筋骨肉三者俱備後人得其一忘其一即唐初諸公親覩右軍墨跡尚不能得何況今日至其氷姿玉質宛如飛天仙人又如臨波仙子雖久為規橅而杳不能至近余且屏居梅韻齋中案頭日置黃庭經一本展玩逾時倦則啜茗數杯否亦握卷引卧再日觀然如是者數月而右軍運筆之法忽之愈出味之愈永然為執筆擬之終日不成一字近秋初氣爽偶撿閱歐陽公文集愛其婉逸流媚並傳歐陽公得昌黎遺稿于廢書簏中讀而心慕之苦心探賾至忘寢食遂以文章名冠天下予輒有動于中因倣右軍作小楷數百餘字聊以寄意故云如鳳凰臺之於黃鶴樓也

旹

嘉靖三十年辛亥七月二十四日長洲文徵明書於玉磬山房時年八十有二

醉翁亭记　〔明〕文徵明　书

一时文坛的领袖。

不过因为性情、学术、环境的关系，各人的文有各人自己的面目，绝不相同。三苏及王、曾的文大概都缺乏情感。其中以苏轼为最好，然苏轼也不过善为“论说文”，说到纯粹的文学作品，论说文是不能算的，所以苏文只能说另有它的好处，不能说是文学作品中的佳作。

此外再有程、朱一派的“理学文”，陈傅良、叶適、陈亮一派的“功利文”，这都是“学术文”，不是纯然文学作品。

南宋末年及宋亡以后，文人因为民族问题的关系，很有许多文学作品，是受了压迫而发出来的呻吟声，其中以郑思肖、谢翱、邓牧等人为尤著。我在下面另有一段叙述，这里不多说了。

（四）文人诗的变迁及其派别

宋代文人诗最初以九个和尚为最著，欧阳修诗话云：

> 国朝浮图，以诗名于世者九人，故时有集号《九僧诗》，今不复传矣。余少时闻人多称之。其一曰惠崇，余八人者，忘其名字也。余亦略记其诗，有云：“马放

降来地，雕盘战后云。”又云：“春生桂岭外，人在海门西。”其佳句多类此。其集已亡，今人多不知有所谓九僧者矣，是可叹也！

按，《九僧诗》在欧阳修时已不易见，但并没有失传，晁公武《郡斋读书志》、陈振孙《直斋书录解题》皆著录此书。九僧的名字，也见于《清波杂志》。不过欧阳修未见罢了。此书今有丁福保据毛扆藏宋本重刊本，很容易看见。我们比欧阳修幸福得多了。九僧的名字为：希昼、保暹、文兆、行肇、简长、惟凤、宇昭、怀古、惠崇。集中的佳句，如“战气悲千古，歌声散六朝”，保暹《金陵怀古》。“遥山去意长，大江归梦直”，行肇《送惟凤之衡阳》。“关河双鬓白，风雪一灯青”，惠崇《陕西道中》。“地遥群马小，天阔一雕平”，惠崇《塞上送人》。都比欧阳修所见的好。

九僧之后有杨亿及刘筠等，作诗学李商隐。杨亿编辑当时唱和之作，题为《西昆酬唱集》，风靡一时，号为“西昆体”。

再后有苏舜钦、梅尧臣以简淡高古以矫“西昆”之弊，极为欧阳修所推重。欧阳修的诗在当时虽然也算名作，但是他的诗不及他的文好。

此后就要说到苏轼了。苏轼的诗也和他的文一样，思想很好，而缺乏情感。他的思想都是从道家书及佛书中得来的，大约他的诗是学陶潜、李白，又参以禅理，杂以诙谐，确能自成一家。究竟情感太缺乏了。

苏轼自己评论他的诗文云：

> 吾文如万斛泉源，不择地皆可出，在平地滔滔汩汩，虽一日千里无难。及其与山石曲折，随物赋形，而不可知也。所可知者，常行于所当行，常止于不可不止，如是而已矣。其他虽吾亦不能知也。

他又云：

> 某生平无快意事，惟作文章，意之所到，则笔力曲折，无不尽意。自谓世间乐事无逾此者。

他这样的作文，只宜于作论说，作抒情文已不相宜，更不宜于作诗。

苏轼的门下士有黄庭坚、晁补之、秦观、张耒四人，称为“苏门四君子”。其中以黄庭坚为尤著名。他虽出于苏门，却能自成一家，而与苏轼并称为苏、黄。

黄庭坚诗是学杜甫而变其面目，以瘦硬见长，实则情感也太缺乏，不过趋向于写实，极为当时人所推重，渐变为南宋写实一派。

师承黄庭坚的有陈师道、吕本中、潘大临、谢逸等多人。吕本中作“宗派图”，自陈师道、潘大临以下二十五人，以为其源皆出于黄庭坚，时号为“江西派”。其实图中所列二十五人，有作品传世而为世所称道的并不多，其中也有滥入的。所以后人对于吕本中的“宗派图”多不满意。

南宋以后的诗人以陆游、尤袤、范成大、杨万里号称“四大家”。四人诗都是出于曾幾，而曾幾诗又是效法黄庭坚，所以可以说这四家的诗都是从“江西派”变出来的。四家之中以陆游为最好，次为范成大，再次为杨万里，尤袤比较的最不好。

范成大早年诗多模拟唐人，自己注明效某人，毫无足取。不过后来能够变化而自成一家。杨万里诗多和语言接近，但缺乏情感，不能算是好诗。南宋的诗人还是推陆游为第一。

陆游的情感比较的热烈，思想也很纯粹。他作诗又注重写实，晚年家居时描写乡村生活的诗很朴质，很忠实，确是他的一种特色。他对于金人入侵中原尤为不平，诗中常常有驱逐胡虏、恢复河山的话，甚至于做梦也梦见这些事。试看他“三更抚枕忽大叫，梦中夺得松亭关”“夜阑卧听风吹雨，铁马冰河入梦来”等句，可知他反抗武力侵略的心肠是何等的热烈！

陆游以后的诗人以“四灵”为最著名。徐照字灵晖，徐玑号灵渊，翁卷字灵舒，赵师秀号灵秀，四人字中都有一个“灵”字，所以合称为“四灵”。但是他们的诗比较的不能算是好。再有严羽也很有名，严羽的诗在“四灵”之上。

再后就是宋末的遗民，他们的诗多写亡国之感，全是真情流露，比较的好得多。在下文另有一节叙述它。

（五）民歌的流行

宋代的文人诗已如上述。同时，社会上民歌也很流行，不过缺乏记载，到现在极不容易看见。今据我所知道的几种民歌叙述如下，其他见闻所未及的谅必还有，只得待后来再补记罢。

宋人王楙《野客丛书》云：

陈伏知道，《从军五更转》有曰“一更刁斗鸣，校尉逴连城，遥闻射雕骑，悬惮将军名”……似此五转。按，自一更至五更。今教坊以五更演为五曲，为街市唱。

据王楙所言，可知此种民歌在宋代很是流行。又今人从敦煌石室中也发现《叹五更来》，原文五首之二如下：

一更初，自恨长养枉身躯。耶同爷娘小来不教授，如今争同怎识文与书。

二更深，《孝经》一卷不曾寻。之乎者也都不识，如今嗟叹始悲吟。

见《敦煌零拾》

以下“三更”至“五更”大致相同。原写本上有“天成二年”云云，是五代时物。可知《五更转》至迟是产生于五代，至宋乃流传得极普遍。敦煌石室所发现的是失学者的自叹，后乃演变为军歌，又后乃演变为教坊街市所唱，想必为情歌之类，直到今日社会上有所谓《五更调》《叹五更》等，还是很流行的。

《京本通俗小说》引《吴歌》云：

月子弯弯照九州，几家欢乐几家愁。几家夫妇同罗帐，几家飘散在他州。

这是南宋时江、浙地方的一个民歌，流传得也极普遍而长久。明王世贞《艺苑卮言》曾载此歌，清梁绍壬《两般秋雨庵随笔》也载此歌，但皆有一二字不同。近人刘万章《广州儿歌集》中有“一个月光照九州”一首，也是由“月子弯弯”歌演化出来的。宋以后人词曲中又多引此歌，如丘密《诉衷情》云：“夜深人静，何处一声，月子弯弯？”元、明间无名氏《四季闺怨》云：“不见则个游，怕登则个楼，月儿弯弯照九州。”直到最近，还为江、浙间人所唱。曹君直在石门道中曾闻舟人唱此歌，谓为此唱彼和，荡气回肠云云。见《云间颖公笔记》。照此看来，可知“月子弯弯”一歌流传得是怎样的普遍而长久了。我别有《月子弯弯歌字句异同考》。

再有江、浙、皖南一带流传一首山歌云：

做天难做四月天，蚕要温和麦要寒，种菜哥儿要落雨，采桑娘子要晴干。

这分明是一首民歌，却是在宋初苏舜钦[1]《沧浪集》中也有一首同样的诗：

南风霏霏麦花落，豆田漠漠初垂角。山边夜半一犁雨，田父高歌待收获。雨多萧萧蚕簇寒，蚕妇低眉忧茧单。人生多求复多怨，天公供尔良独难。

想在宋初已有这首山歌，所以苏舜钦根据它改作这首诗。不然，就是这首山歌从苏舜钦的诗里演化出来。这山歌始于何时，已不可考，但是可断定它和苏舜钦的诗有极密切的关系。

又有乞儿唱着卖钱的《莲花落》，在宋代也已有了，宋人所做的《五灯会元》上面已经说起它，大约说：

俞道婆……常随众参琅邪……一日，闻丐者唱《莲花乐》乐即落……大悟。

按，以作“乐”为是。“乐”读作“傲”，如词调中的

① 按，此诗亦见宋张耒《柯山集》卷十。

《渔家乐》又作《渔家傲》，彼此同是一例。后人不解应读作傲，因上文“莲花”二字的关系，就改作《莲花落》，是不对的。《莲花乐》的曲文如何，无从考见。

再者，宋初的词人柳永以精通音律、善制新腔著名，他又常出入于妓院中，可想见他的新腔取材于娼楼小曲中的当必不少。到现在虽然无法确切证明，但照旁的例子看起来，这一点是很可研究的。

（六）“滑稽戏”的发展

“滑稽戏”是宫廷中的娱乐品之一种，同时也于诙谐中寓规谏之意。发端本来很早，春秋时候的优孟、汉初的东方朔就是这一类的人物。不过在宋以前并不盛行，到宋以后又混入戏曲中，而此项演者便变为戏曲中的“丑角”，独立的“滑稽戏”已消灭无余了。所以在南宋时为“滑稽戏”发达到极高限度的时代。我们试看那时候的“滑稽戏”吧。

张端义《贵耳集》：

史同叔为相日，府中开宴，用杂剧，人作一士人念诗曰：“满朝朱紫贵，尽是读书人。”旁一士人曰：“非也。满朝朱紫贵，尽是四明人。”自后相府有宴，二十年不用杂剧。

岳珂《桯史》：

秦桧以绍兴十五年四月丙子朔，赐第望仙桥。丁丑，赐银绢万匹两，钱千万，彩千缣，有诏就第赐燕，假以教坊优伶，宰执咸与。中席，优长诵致语，退，有参军者前，褒桧功德。一伶以荷叶交倚从之，恢语杂至。宾欢既洽，参军方拱揖谢，将就倚，忽坠其幞头，乃总发为髻，如行伍之巾，后有大巾镮，为双叠胜。伶指而问曰："此何镮？"曰："二圣镮。"遽以朴击其首曰："尔但坐太师交倚，请取银绢例物，此镮掉脑后可也。"一坐失色。桧怒，明日下伶于狱，有死者。于是语禁始益繁。

"镮"为"还"之谐音，二圣，指徽宗、钦宗。

周密《齐东野语》：

宣和中，童贯用兵燕、蓟，败而窜。一日内宴，教坊进伎为三四婢，首饰皆不同。其一当额为髻，曰蔡

> 太师家人也；其二髻偏坠，曰郑太宰家人也；又一人满头为髻如小儿，曰童大王家人也。问其故，蔡氏者曰："太师觐清光，此名'朝天髻'。"郑氏者曰："吾太宰奉祠就第，此'懒梳髻'。"至童氏者曰："大王方用兵，此'三十六髻'也。"

"髻"为"计"之谐音，"三十六计，走为上计"，宋人有此俗语。

刘绩《霏雪录》：

> 宋高宗时，饔人瀹馄饨不熟，下大理寺。优人扮两士人，相貌各异，问其年，一曰"甲子生"，一曰"丙子生"。优人告曰："此二人皆合下大理。"高宗问故，优人曰："饫子、饼子皆生，与馄饨不熟者同罪。"上大笑，赦原饔人。

这不过是略举几条为例，此外见于宋人笔记中的还很多。可想见在那时候这种"滑稽戏"的盛行。

到后来混杂入戏曲中，直到清末还是有的。如下面一个例，岂不是同宋代"滑稽戏"一样吗。

杂剧卖眼药图　〔宋〕佚名　绘

杂剧打花鼓图　〔宋〕佚名　绘

《汪穰卿笔记》云：

> 甲午战事起，优赶三嘲合肥，适演《红鸾禧》，赶三扮丐头。当移交替人时，掷帽中所插草把，曰：“拔去三眼花翎！”又脱其衣，曰：“剥去黄马褂！”坐中有合肥之子、侄，怒，命送坊官杖之。赶三惊惧，未几死。

（七）外国人的侵略影响于文学

宋代因鉴于唐代藩镇的兵权太重，中央不能控制，所以于开国之初，就趁势把兵权收回来。因此，虽然造成了若干年的太平时代，但是重文轻武的结果，就是经不起外国人的侵略。到徽、钦以后，把全个的中国给金人占去了一半，接着又是蒙古人的侵略，宋人无法抵抗，竟闹到亡国为止。

当北宋太平时，文学作品所表现的都是太平气象，如李昉、晏殊、欧阳修等人的散文或诗词都是。到南宋时以及亡国以后，人民颠连困顿于外国人的铁骑之下，所受的痛苦非常的深，忍无可忍，只好拿文学作品来发挥发挥：有的是慷慨激昂地起来反抗，有的是呻吟呜咽、饮泣吞声。前者的例，如岳飞的《满江红》词、文天祥的《正气歌》及陆游的诗都是。后者的例，如郑思肖的《郑所南先生文集》、邓牧的《伯牙琴》、谢翱的《晞发集》等都是。又有《谷音》二卷，为杜本所辑南宋遗民诗，共二十九人，作者并不是著名的文人，而且有几个没有名氏，不过这种诗都是被压迫出来的血泪，并不是无病的呻吟。毛晋跋《谷音》云：

> 韩昌黎云：其歌也有思，其哭也有怀。凡出乎口而为声者，其皆有弗平者乎！宋室既倾，诗品都靡；独数子者，心悬万里之外，九霄之上，或上书，或浮海，或仗剑沉渊，悲歌慷慨，令人读其诗，想其人，有齐二客、鲁两生之思焉。

两卷《谷音》，可以为宋代亡国后文学的代表，它能告诉我们外族人的武力侵略影响于文学是怎样的。

二、宋代文学的特点

（1）自欧阳修作“诗话”，接着作的极多，所以“诗话”也可以说是宋代一种多量的产物。欧阳修的诗话单称“诗话”，司马光接着作的诗话称“续诗话”，那时“诗话”二字还是一个专名，后来作的人多了，各于“诗话”二字上另加数字以示区别，于是连带称司马光的为《温公诗话》，欧阳修的为《六一诗话》。宋代的诗话虽然多，但是好的很少。其中严羽的《沧浪诗话》为最有条理，尤袤的《全唐诗话》全是搜集唐诗人的逸事。其他都是零碎的话，或关于批评，或关于考证，有时也有很好的，但不多见。

（2）宋代的“笔记”也和“诗话”一样的发达。或考证旧籍，或记载时事，或批评文艺，各方面都有。今因它和文学的关系较少，不及细述。

（3）王安石创“经义”，以经书中语命题，开明、清两代“八股文”之端，给后人一个坏影响。

（4）程、朱们讲学的话，由弟子记录下来，称为“语录”，全用白话，在当时另是一种文体。

（5）洪迈作《夷坚志》，卷帙很多，是《搜神记》《神仙传》以后一部重要的神话。

（6）今所传《广韵》一书是宋人陈彭年重修本，为今日所能见的最古的音韵书。今敦煌石室中发现的《唐韵》是残本。又今所通行的“诗韵”名《平水韵》，或云宋人刘渊作，或云王郁文作。

（7）南宋曾盛行“四六文”，如汪藻、周必大、洪迈等人，都以作“四六文”著名，也给后人一个不好的影响。

（8）太平兴国七年，敕李昉等辑《文苑英华》一千卷，上继《昭明文选》，下迄唐末，为著名文学作品总集。后来姚铉又取《文苑英华》中的唐人作品而增删之，成《唐文粹》一百卷。

（9）周密辑《绝妙好词》七卷，选南宋词，始于张孝祥，终于仇远，共一百三十二家，为著名的“宋词”选本。

（10）郭茂倩辑“古乐府歌辞”为《乐府诗集》一百卷，于“古乐府”搜罗得极完备，区分门类亦有相当的价值。

（11）太平兴国三年，敕李昉等撰《太平广记》五百卷，系采辑古代小说三百四十五种而成，四库《全书提要》称为古来奇文秘笈咸在焉，小说家之渊海也，云云。这部书保存宋以前的小说作品不少。

（12）左圭辑《百川学海》，为著名的一部丛书。唐陆龟蒙有《笠泽丛书》，名为“丛书”，实为文集。宋王楙有《野客丛书》，名为“丛书”，实为笔记。皆与后世“丛书”的性质不同。

（13）诗人结社始于南宋。据灌圃耐得翁《都城纪胜》云：“文士则有西湖诗社，此社非其他社集之比，乃行都士夫及寓居诗人，旧多出名士。”这可见当时诗社的一斑。宋、元之交，吴渭创月泉吟社，命题征诗，得二千七百三十五卷，大概都是宋遗民。当时辑集诗卷、函札等成帙，汲古阁《诗词杂俎》《粤雅堂丛书》，退补斋《金华丛书》皆收入。今犹可考见当时诸诗人入社应征的情形。

此外，如郑樵的《通志》和《通典》一样的重要；司马光的《通鉴》和袁枢的《通鉴纪事本末》，都是史学的名著；《通鉴》上继春秋，下终五代，为编年体，《通鉴纪事本末》以一事为一编，各详其起讫，为袁枢的创作。但和文学的关系不深，这里不多说了。

第八章

辽金元的文学

一、辽金元文学变迁的大势

辽初称契丹，金称女直，又作女真，元为蒙古：这三个民族皆起于塞北，而以兵力蹂躏汉土，而其文学则又与汉族同化。其间以辽为最早，宋初即已苦辽为患，后来接着金人之患，甚至于遗弃中原，偏安江左。辽灭于金，金灭于元，元灭南宋而统一中国。元代的版图很广，实跨欧、亚两洲，今就在中国的第一部分而言。辽立国二百多年，其兴在宋创业前四十多年。金立国一百多年，灭于南宋灭亡前四十多年。元入主中原八十八年而为明所灭。这三个民族与汉族同化的程度彼此相同。若就国际关系说，辽为外国，略如今日的日本，金占中国国土之半，略如南北朝时的北朝，元则统一中国，在中国历史上成为一个独立的时代，恰和清代一样。若就时代上说，辽、金只可附于宋，至元始能独立。今因以他民族而同化于汉族，性质相同，故放在一起叙述。又特为说明如此，以清界限。

这个时期中除了他民族同化于汉族足以叙述而外，文学创作品只有戏曲，普通称为“元曲”，在中国文学史上是一个时代的特产，其他诗歌、散文等没有什么新的发展。今分别叙述如下。

（一）辽、金、元的汉族化

这里所说的汉族化，是单指他们的文学而言。当然，其政教、风俗也都汉族化了，但不在本书的范围以内，不能细述，今单述关于文学一方面的话，而又把辽、金、元分开来说。

辽本无文字，耶律阿保机即辽太祖。从汉人教，因汉文隶书制字数千，称为“契丹字”。虽自成一种文字，而源实出于汉字。金也无文字，最初沿用“契丹字”，至完颜阿骨打即金太祖。才叫完颜希尹制本国字。希尹取汉文楷字、“契丹字”融合本国语言，制成一种文字，称为“女直大字”，后来又改制一种，称为“女直小字”，也是源出于汉字而与汉字不同。所以在当时《史记》《汉书》都有“女直文”的译本。

契丹、女直、蒙古当然有他们自己的歌谣及传说，但是他们同汉族接触以后，一切的事都和汉族同化了。他们的贵族都读汉文，文学作品也模仿汉人，虽然说不定有若干民歌及民间传说混杂在汉族的民歌及传说中，但现在已很不容易辨别了。

射骑图　〔五代唐〕李赞华　绘

至于文人文学的作者，在辽以耶律氏、萧氏为著。如耶律隆先、耶律资忠、耶律庶成、耶律良、耶律孟简、萧柳、萧孝穆、萧韩家奴等，当时皆以能文著称，大都有集，见《辽史》。在金以完颜氏为著，如完颜瑇有《如庵小稿》，今不传，元好问《中州集》选其诗四十一首。到了元代，版图广阔，民族又极复杂，亚洲西北部各种民族羡慕华化，善为汉文、汉诗的，如蒲寿宬回回[1]人、巎巎康里人、马祖常雍古人、偰玉立回鹘[2]人、泰不华伯牙吾氏钦察人、贯云石畏兀儿人、迺贤合鲁人、丁鹤年回回人、瞻思大食人、萨都剌回回人。各人的文学作品散见于《元诗选》。而外，也有专集流传至今的，如蒲寿宬的《心泉学诗稿》《四库本》、《心泉诗余》《疆村丛书本》，马祖常的《石田山房集》，有几种本子，以近人辑印《元四家集》本为比较的易见。迺贤的《金台集》，有几种本子，以商务影印汲古阁《元人十种诗本》为比较的易见。丁鹤年的诗集，有好几种本子，以《湖北先正遗书》

① 明清两代的文献中主要以此指回族即回回民族，如回回人（简称回人或回民）。

② 古代北方和西北民族名。原称回纥，唐贞元四年（788）回纥可汗请唐改称为回鹘，取“回旋轻捷如鹘”之义，元明时称畏兀儿，今称维吾尔。

影印《四库本》为比较的易见。萨都剌的《雁门集》有好几种本子。等都是。又有耶律楚材乃是辽人后裔，所著《湛然居士文集》也很流行，有好几种本子。

在元代，他民族的华化比辽、金为更甚，他们的姓名也都改从华俗。如丁鹤年、马祖常等人都是。他们住在什么地方就称什么地方人，例如丁鹤年为武昌人，马祖常为光州人，泰不华为台州人，姓名、籍贯都和华人没有分别，其实他们都是外国人。

今录迺贤、丁鹤年、萨都剌诗各一首如下，其他限于篇幅，不能多录。

花底开尊待月圆，罗衫半浥酒痕鲜。一年湖上春如梦，二月江南水似天。修禊每怀王逸少，听歌却忆李龟年。卜邻拟住吴山下，杨柳桥边舣画船。

迺贤《次段吉甫助教春日怀江南韵》

数茎白发镜中新，兀兀穷年愧此身。万里云霄双倦羽，千寻江汉一穷鳞。望乡薄暮凭西日，去国中宵礼北辰。客路渐遥身渐老，此生何以报君亲。

丁鹤年《兀兀》

高隐有深意，情闲直万金。溪鱼鲜作鲙，竹笋长成林。鹤有还巢梦，云无出岫心。读书风雨夜，灯火野堂深。

萨都剌《野潜堂》

（二）汉人诗歌、散文的衰落

在元代有许多外族人作中国诗，都作得很好。汉族人自己是怎样？却只好说只有衰落而没有发展。当然不至于不如外族人，但是和唐、宋一比，实在是比不上。著名的文人金有赵秉文、宇文虚中、王若虚、元好问等人，诸人都仕于金。在元有虞集、赵孟頫、杨载、倪瓒、杨维桢等人，他们的作品只是继续原有的作下去，而不能在中国文学史上别开一个新局面。其中只有虞集的《鸣鹤余音》、杨维桢的《西湖竹枝词》比较的为有特色。原来汉族文学的衰落也不是无故，实因唐、宋以后诗歌、散文已臻绝境，不能再向前走，乃改变方向，转到戏剧和“散曲”方面去，于是“元曲”被推为一个时代的文学代表。

（三）戏曲的成立及其发达

中国的戏剧虽然是萌芽很早，但是在元以前确没有完

窠木竹石图　〔元〕赵孟頫　绘　〔元〕张仲寿　题

全成立。有的略具雏形，有的是一部分的发达，至于十分完备的戏剧直到元代才有。“元曲”的来历若欲溯其远源，那就要追叙到古代的巫歌及《史记·滑稽列传》中所说的优人等事。关于这些话前几章已说过一些了，现在单说“元曲”的近源。“元曲”的近源有二：其一是宋代的“大曲”，其二是金时董解元的《西厢记诸宫调》。我们要叙述“元曲”，当先述“大曲”及《董西厢》[1]。“大曲”是一种歌舞混合物，演时先由一人登场，指挥各伶工，他先开口说些吉祥话，然后招呼各伶人演戏。这人名叫“参军”，他所说的话叫作“致语”。“参军”说过“致语”之后，接着演戏。带歌带舞，名为“队舞”。伶人分男女两队：男叫“小儿队”，女叫“女弟子队”。又就所表演的事实分为某队、某队，如表演舞剑器的名“剑器队”，表演采莲的名“采莲队”。这种歌舞混合物很和戏剧接近。董解元的《西厢记诸宫调》和后来“弹词”相似，有白，有唱，不过是坐着唱的而不立起来扮演。它既然是坐着唱的而不要扮演，所以通体是旁人叙述的口气，而不分末、旦、净、丑等角色，且只有说话而无“科介”，“科介”，就是写剧本者在戏中注明戏中

① 即董解元的《西厢记诸宫调》。

人的某项动作。一切动作也用一样的口气叙出。简单地说一句：盖《西厢记诸宫调》是有唱，有说白，而没有舞。

把《董西厢》加上动作，就是舞。由不能扮演的改为能扮演，就成为元代的戏曲。所以由董解元的《西厢记诸宫调》一变而为王实甫的《西厢记》，于是中国的戏曲始完成了。

"元曲"既然是一个时代的产物，作者当然很多，其中以王实甫、关汉卿、白朴、马致远、郑光祖、乔吉为尤著。诸人的作品今尚存在的，王实甫有《西厢记》《丽春堂》等，关汉卿有《拜月亭》《蝴蝶梦》等，白朴有《梧桐雨》等，马致远有《青衫泪》《岳阳楼》《汉宫秋》等，郑光祖有《王粲登楼》《倩女离魂》等，乔吉有《玉萧女》《扬州梦》等。

欲知"元曲"作品共有多少，可参考下面几种书：《录鬼簿》，著录四百五十八本目录；《太和正音谱》，著录五百六十六本目录；《元曲选》，载一百本；《元人杂剧选》，载三十本；《古名家杂剧》，载四十本，中有明人作品；《新续古名家杂剧》，载二十本，中有明人作品；《覆刊元杂剧》，载三十本。

前二书中所列的目录，其戏本有已失传了的，以后各书所载有重复的，而《新续古名家杂剧》二书中也有明人的作品。所以现在实存的"元曲"数目很不容易考定。大约说一句：以《元曲选》为标准，是一百本，超出《元曲选》的不多。

以上所述都是所谓“北曲”。到元末，永嘉[1]人高明因“北曲”中多方言，南人听不懂，他又别创“南曲”，作《琵琶记》，于是“元曲”又有南、北之分。

（四）“散曲”的发达

元代的戏曲固然很盛，同时期“散曲”也很发达。戏曲是表演故事，“散曲”还是单纯的诗歌，不过和词有些不同。因为词到南宋以后，太文人化了，太音乐化了，于是转变方向，接近自然，脱离束缚而为“散曲”。

“散曲”的作者以张可久、乔吉、关汉卿、白朴、马致远、郑光祖等人为最著名。

“枯藤老树昏鸦，小桥流水人家，古道西风瘦马。夕阳西下，断肠人在天涯。”《天净沙》。这就是马致远的“散曲”之一。我们于此可以窥见“散曲”的一斑了。

（五）“评话”的继续发展

宋代的“评话”到元代还是继续地发展，而演化成一部

① 现载为瑞安（今属浙江）人，瑞安属古永嘉郡。

《水浒传》和一部《三国演义》。《水浒传》是以《宣和遗事》为蓝本而演化、扩充出来的，但是作得非常的好，描写一百零八个人能写出各人的特性来，相传为施耐庵作。按，施耐庵事无可考，但流传的本子不止一种，可知由《宣和遗事》到最后一部《水浒传》，中间一定经过多人的修改，说是施耐庵一手作成，是不对的。演讲“三国的故事”，据前章所述，在唐末已开端了，但没有书本流传，今所传的《三国演义》旧通认为罗本作，罗本又作罗道本。然今人都知道有元至治刊本《全相平话三国志》，或其他古本《三国志通俗演义》，是在罗本之前，是从唐末演讲“三国故事”起，到最后一部《三国演义》止，是经过多人草创及修改而成的，不是罗本一人的创作。而在元、明之间就是这两部小说演化的时代。

二、辽金元文学的特点

（1）元代汉人与蒙古人杂居，一部分蒙古语或其他外国语夹杂入汉文中，在当日甚通行，但到现在已不易懂。例如《西厢记》中的“颠不刺”就是一个例子，《元曲选》中此例尤多。又明初人所作的《元宫词》中间也有蒙古语。如云：“白酒新篘进玉壶，水亭深处暑全无。君王笑向奇妃问：何似西凉打剌苏？”“打剌苏”应是酒名。又云：“天马西来自佛郎，图成又勅写文章。翰林国语重翻译，袄鲁诸营赐百张。”“袄鲁”二字已不知何解。《元宫词》作者题为兰雪轩汲古阁《诗词杂组本》。

（2）意大利人马可·波罗由欧洲旅行至中国，仕于元，尝作游记，盛称中国富庶，其书传遍欧洲，今中国也有译本，名《马可·波罗行纪》。马可·波罗可说是中国文化对欧洲之宣传者。

（3）金时元好问辑《中州集》十卷，附乐府即词一卷，为研究金文学的一部重要书籍。

（4）陶宗仪辑《说郛》，所收小说、笔记之类很多，为后人所称道。

此外，在元代再有一部名著，就是马端临的《文献通考》，后人把它和《通典》《通志》合称为“三通”。虽然它和文学的关系不深，但是我们也应该知道有这一部书。

第九章

明代的文学

一、明代文学变迁的大势

明代的文学没有什么特别的创作，凡是它所有的前面都已有过了，不过是继续着下去而略有变化。其中比较的可以注意的，只有归有光的抒情“散文”，及明遗民的《击筑余音》《木皮散人鼓词》等。以外便没有什么了。今分别叙述如下。

（一）“散文”及诗歌的变迁

明初的“散文”以刘基、宋濂、王祎等人为最著，诗歌以高启、袁凯为最著。然刘、宋等都是学者，不是文人，他们的作品还是因学而见重。高启天才卓越，相当于唐代的李白，袁凯功力深厚，相当于唐代的杜甫，但只不过追随于李、杜之后，不能自己开辟一个境界。

稍后，杨士奇秉政，杨以能文著称，与杨荣、杨溥共称为“三杨”。那时候已是太平之世，“三杨”的文学作品就是这种太平文学的代表。他们的好处是纯粹平正，他们的流弊是凡庸浮浅。由凡庸浮浅又发生一个反动，就是复古的运动。起初是李东阳做这种运动的先驱者，其后是李梦阳、何景明等七人更倡言复古，谈文必学秦、汉，谈诗必学盛唐，其他一切唾弃。却不知这种复古的运动是根本不对的。

同时王慎中、唐顺之等别创宗派，以矫何、李之弊，而李攀龙、王世贞等又奉何、李为宗，为第二次之复古。何、李等共七人，称为“前七子”，李攀龙、王世贞等也是七人，称为“后七子”。

在王慎中、唐顺之稍后，另有归有光，他的抒情“散文”，却能自成一家，而且在文学史上有永久的价值。一般人都说他的“散文”是出于《史记》。不错，是出于《史记》，但不是呆板地学《史记》的腔调。他的“散文”的好处可简单地说明如下：因为他是个富于情感的人，他的散文就是善于写父子、夫妇、朋友间生死离别之感。他又善于描写家庭间日常生活，写得非常逼真。这两点都是文学的真谛，被他得到这个文学真谛，他的文学作品自然是有价值了。他的代表作品如《先妣事略》《思子亭记》《项脊轩志》《见村楼记》《野鹤轩壁记》等篇，只要是真能懂得文学的人读了，没有不感动的，所以他的抒情“散文”在中国文学史上应占一个重要的位置。

归有光以外，王守仁也是自成一家。但是他的文学作品仍是因学而见重，我们不能说他是一个纯粹的文人。

前后七子的复古运动，起初虽能风靡一时，但不久便已僵化了，于是又有袁宗道的“公安派”，钟惺、谭元春的“竟陵派”相继而起。公安、竟陵的本身已没有多大的价值，况公安的末流又变为空疏浮泛，竟陵的末流又变为孤僻，于是越发坏了。总之，明代的“散文”及诗歌变迁虽多，但除了归有光，其他都没有什么特殊的价值。

（二）小说的变迁

宋、元的“评话”到明代乃是继续地风行。接着由《三国志演义》而产生了《列国志演义》，由《大唐三藏取经诗话》演化而成《西游记》，这都是演宋、元之余绪，而不是自己的创作。大概明代小说的变迁有几点可以说。（1）喜以神怪故事为材料，如《封神榜》以武王伐纣事为主，而中间夹杂着多量的神怪故事；又如《三宝太监下西洋》以郑和使西洋事为主，当日所谓西洋，即今日南洋群岛[①]。而中间神话多于人话。近人称这一派的小说为“神魔小说”，“神魔小说”这个名词倒很确当。（2）短篇的“评话”比较的更盛行。短篇的“评话”就是宋代的《京本通俗小说》那种体

① 即马来群岛。

裁。这一类的小说在明代很多，现在所能知道的有五部，一是《醒世恒言》，二是《喻世明言》，三是《警世通言》，四是《拍案惊奇》，五是《照世杯》[①]。《醒世恒言》《喻世明言》《警世通言》都是冯梦龙所作，通称“三言”，而《喻世明言》又有所本，他的前身就是《古今小说》。这些书在中国都久已失传了，但日本《内阁藏书目录》有《拍案惊奇》三十九卷、《古今小说》四十卷、《喻世明言》二十四卷、《醒世恒言》四十卷。见董康《诵芬室日记》。而《照世杯》四卷也是久佚于中土而流传于日本。民国十七年中国始有翻印本。不过，这些小说的内容如何，只需一读《今古奇观》就可知道。《今古奇观》极通行。因为《今古奇观》是一部选本，大约就是从这些小说中选出来的。（3）在明代已没有“评话”的名目，长篇的都称“演义”，短篇的喜用“明言”“奇观”等名目。（4）作者大都不题真姓名，题某某主人等别号，其姓名无可考。（5）短篇的大都可以自由选辑成书，如《今古奇观》之类，这一部书的原作者可以有许多人。（6）“说书人”仍是有，如明末柳敬亭就是明、清之间一个最著名的“说书者”。

① 清代话本小说集。

（三）戏曲的变迁

戏曲自从在元代分为“北曲”“南曲”之后，到明代“北曲”已衰，只有“南曲”，而昆山人魏良辅又由“南曲”演变而为“昆曲”，以后“昆曲”行于南方，至今犹盛。明代戏曲的作者以徐渭、李日华、汤显祖、阮大铖等为最有名。汤显祖的《牡丹亭》，阮大铖的《春灯谜》《燕子笺》等戏，尤为人所称道。

（四）民歌的流行

明代的民歌流传到现在的比宋代为多，且已有辑成专书的，又有种种的新奇名称，据我所知的，有《挂枝儿》《夹竹桃》《劈破玉》《银绞丝》《银纽丝》等名。《银纽丝》和《劈破玉》只于王夫之《姜斋诗话》上见有这两个名称，它们的体裁不得而知。《银绞丝》应该就是《银纽丝》。《挂枝儿》相传为冯梦龙作，今人有翻印本。《夹竹桃》我曾见一明刻本，每首以山歌三句、《千家诗》一句、词四句组织而成，故又称《夹竹桃千家诗山歌》，作者自题浮白主人，姓名无可考，这是无聊的文人所作，没有多大价值。《挂枝儿》大概是冯梦龙根据民歌修改而成的，比较的要好些。大概民歌都是写男女恋爱之情的，但在唐、宋时尚有含蓄而不至十分淫荡，到明代就淫荡极了。

（五）明末满洲人的侵略影响于文学

我们从明代的“神魔小说”和淫荡的民歌看起来，可以想见当时候社会的腐化。这种腐败的情形，未尝不是亡国原因之一种，加起满洲人从关外打进来，怎么不闹到亡国为止？

而同时候有许多气节之士，看见中国人受外国人的侵略，怎能不伤心！于是便慷慨激昂地起来反抗。但是已无及了。这种亡国的惨剧，影响到文学，在明末恰和宋末一样。但明末除了诗歌及“散文”，更有许多通俗化的作品。这种作品原是文人作的，但不过极通俗，一样是长歌当哭，句句是血泪文章，却是用这样的通俗文写出来，比用文人诗更要写得淋漓尽致。如熊开元的《击筑余音》、贾凫西的“鼓词”都是。《击筑余音》另一传本名《万古愁曲》，题为归玄恭作，经近人考证的结果，以认为熊开元作为是。贾凫西我疑不是真名。统九骚人亦未详为何人于清朝乾隆元年作“鼓词”序云：

先生济宁人，字凫西，失其名号，明时进士，其家世亦未暇考。至作书之故，亦未及周知。然观其字成鬼哭，丝动石破者，先生之唾壶欲碎，先生之柔翰万折矣。

统九骚人在清代盛时不敢说明作书之故，所以云“作书之故亦未及周知”，不便说出作者的名号，所以云“失其名号”。由此推测，很可疑贾凫西三字是托名而非真名。“贾”字就是“假”字的谐音，中国作小说的惯用此字，如《红楼梦》中的贾宝玉就是一个例。“凫西”也可说就是“乌虚”二字的谐音，用现成的“子虚乌有”四字的典故。这话有十之七八是对的。此书今有翻印本，很容易看见，书末有跋一篇，说先生隐姓埋名云云，尤可供参考。“木皮”，就是“鼓板”，他唱这“鼓词”，一面敲着“鼓板”，所以他又称木皮散人，而此词又称《木皮散人鼓词》。至于作者的真姓名乃就不易考了。今录《击筑余音》一节如下，以见一斑：

宫廷瓦砾抛，陵寝松楸倒。但听得忽剌剌一天胡哨。车儿上满载着琼瑶，马儿上斜搂着妖娆，打粮处处把脾儿燥。急得那些杀不尽的蛮子们一样的金线鼠绦、红缨狗帽，恨不得把大鼻子的把都们便做个亲爷叫！

二、明代文学的特点

（1）中国文学对外国的输出，在唐以后渐沉寂了，到明初又复极盛。那时候南京的国子监里多有从日本、高丽、琉球、暹罗负笈而来的留学生，而以日本、高丽为尤盛。在洪武初年有日本诗僧绝海曾至中国，著《蕉坚稿》一卷，日本昭庆禅院刊本。其中如“京口云开春树绿，海门潮落夕阳红”《多景楼》。“宝盂午食龙宫饭，铁锡朝寻鳌背山”《赠笑山侍司还土州省亲》。都是很好的诗。那时高丽有崔瀣彦选《东人之文》二十五卷，书目见《明诗综》；又中国人吴明济从征高丽，搜罗自新罗至朝鲜名人集一百多家，辑《朝鲜诗选》一书，书目见《列朝诗集闰集》及《明诗综》。这里限于篇幅不能多述，然而略举一二，已可想见当日的盛况了。

（2）意大利人利玛窦至中国传教，连带输入算学、物理等，已开西学东渐之端。但和文学没有发生什么大关系。

（3）明代以“八股文”及“试帖诗”取士，清代照它旧样，给文学界一个很不好的影响。

（4）明末杨廷枢、张溥等创应社于吴中，评论五经文字，此后广应社、几社、复社、闻社等纷纷继起，最后统合于复社，声势极盛，影响于文学也很深。

（5）明人喜欢刻书，和文学的传播很有关系，但有三个很大的弊病。一个是造假书。如杨慎跋《杂事秘辛》，说是汉人作的，其实《杂事秘辛》绝非汉人作，疑为杨慎所假造，至少也是其他明人所假造。第二个弊病是割裂。明刻宋、元人的“笔记”之类，往往不是足本，是抽出几条来刻的，而又不注明是选本。如陈继儒所刻的《野客丛书》《宝颜堂秘笈》本。内容只有原本十分之四，就是一个例。第三个弊病是改原文。如宋人的诗“芭蕉分绿与窗纱”，“与”是“给”的意思。今通行本改作“芭蕉分绿上窗纱”，唐人诗“秋尽江南草未凋”，意思说是江南气候暖。今通行本作“秋尽江南草木凋”，这都是俗人读不通原文而妄改的，不是明人所改，就是清人所改。但明人有喜欢删改的习惯，这两句多半是明人所改。

（6）明人喜用小说揭发人家的私事。如《黑白传》揭发董其昌猎艳的事，就是一个例。从好的一方面说，是大胆地攻击土豪劣绅，可以算好；从坏的一方面说，其中也有人借此报复私怨而诬陷他人，那就是坏极了。然而把小说当作

霜林秋思图 〔明〕董其昌 绘

一件工具用，无论如何都是失去了文学独立的价值。

明代文人也喜欢做批评及考证的功夫。最著名的如郎瑛的《七修类稿》、杨慎的《丹铅录》、胡应麟的《少室山房笔丛》，其中都有文学批评及文学考证的话。但三人有一样的一个弊病，就是博而不精，而以杨慎为尤甚。

第十章

清代的文学

一、清代文学变迁的大势

清代的文学也和明代差不多，没有什么特别的创作，凡是它所有的前面都已有过了，不过是继续作下去而略有变化。其中最可注意的一点，就是西洋的文学开始输入，而中国的文学也开始向西洋输出。其次就是满洲和蒙古人的中国化了。今分别叙述如下。

（一）“散文”的变迁

清初的散文很有几个著名的作家。他们都是明末的遗民，以“散文”来写他们亡国之感，自然是很好的。其中以王猷定、魏禧、侯方域等人为尤著。

魏禧、侯方域、汪琬三人又共称为“清初三家”，不过汪琬已做过清代的官，和侯、魏所处的地位不同。就文而论，三人也各有各的好处，清人评论他们的文道：“魏如曹孟德，霸气笼盖一世；侯如孙仲谋，可以为敌；汪如刘玄德，偏安巴、蜀而已。”这个譬喻是很适当的。

再有钱谦益，在明末、清初称为东南文坛的领袖，又和

桃源图（局部）　〔清〕吴伟业　绘

吴伟业、龚鼎孳共称为“江左三大家”。但他们都是明代遗臣，而又仕于清代，文也华而不实，已无足取。

又有顾炎武、黄宗羲、王夫之为清初著名的学者，虽然也以能文见称，然绝不是文人。

清初和侯、汪、魏三家相颉颃的“散文”作者，还有彭士望、邵长蘅、施闰章。姜宸英、朱彝尊等人虽出处略有不同，而皆不失为清初的作家。

清代中年的文坛几乎被“桐城派”所占据了。“桐城派”的“散文”始于方苞，不过在方苞时并没有“桐城派”的名称。“桐城派”的名称至姚鼐时才有的。大概乱世的文学作品的好处是慷慨激昂，而它的坏处就是杂乱；治世的文学作品的好处是清醇雅正，而它的坏处就是平庸。在方苞的时候已由明末的大乱渐渐地转入太平的时代了，所以文学也跟着变化，方苞的文就是以清醇雅正为归，可以说是一个时代的产物。方苞是桐城人，后来刘大櫆、姚鼐都是桐城人，刘、姚都取法方氏，故在当时就有“天下文章在桐城”的话，而“桐城文”便风靡一时。到清末曾国藩更加以变化、发挥而光大之。接着有吴汝纶、黎庶昌、林纾等人，都是“桐城派”的作者。直到民国初年，一大部分的“散文”作者都受着“桐城派”的支配。

在清代中年和“桐城派”立在对抗的地位的有“阳湖派”，以恽敬为领袖，但不及“桐城”为盛。此外，袁枚等人也很著名，但文品并不高。

自鸦片战争、五口通商而后，中国的外交著著失败，于是政治社会都感觉不安，而文学也就无形地发生剧变。首先发生变化的是龚自珍，人家评他的文说，“剑拔、弩张，全是霸气”，就可想见它不是治世的产物了。以后康有为、梁启超不守常法的文学作品，以及南社诸人的“民族主义”的文学，接接连连地产生不断，直至清亡而后止。其间又有王闿运的拟古，以及樊增祥、易顺鼎等人纷然杂出，但是关系比较的小，这里不能多述了。

（二）文人诗的变迁

清代的文人诗也和“散文”一样，是跟着时代转变的。清初文人诗作者大半是明末遗民。其他在清初负盛名的是“江左三大家”，详见前。但华而不实，不能算是绝好的作品，再后以王士禛[1]为最著。王士禛的诗可说是得温柔敦厚之旨，在清代诗人中确是难得的。其次有查慎行、施闰章、朱彝尊、宋琬等人。施闰章江南宣城人，宋琬山东莱阳人，

① 清文学家。雍正时避帝讳，被改称士正；乾隆时，又改称士祯。

当时称为“南施、北宋”。又陈恭尹、屈大均、梁佩兰，皆广东人，并称为“岭南三大家”。此外，如吴嘉纪、吴兆骞、彭孙遹、赵执信等，不及遍举了。

乾隆、嘉庆时是清代极盛的时候，也就是清代文学极坏的时候。这时期的文人诗以袁枚、赵翼、蒋士铨、沈德潜、张问陶、黄景仁、厉鹗、舒位、王昙、孙原湘诸人为最著。袁、赵、蒋在乾隆时并称为“三大家”，但他们的诗都没有多少真价值。舒、王、孙比袁、赵等为后，并称为“三君”，作品也不能算好。这大概是时代关系，是无可如何的。

清末的诗是从龚自珍起开始变化，以后有陈三立、郑孝胥等人的诗，称为“同光派”，虽有骨格，然过于萧索，毫无生趣，再有王闿运的诗，当时称为“假古董”，樊增祥喜作绮语，易顺鼎的诗流于滑稽，都无足取。南社诸人的诗多半出于龚自珍而以“民族主义”为中心，就大体上说，要算是最好的了。

词的作家在清初有纳兰性德、朱彝尊等人，在清中期有张惠言、郭麟等人，在清末有朱祖谋、郑文焯等人。但不过继续原来所有的，实在说不到创作。所以这里也不必多说了。

（三）民歌的流行

清代的民歌在民间也很流行。不过以前的人不很注意，直到最近才慢慢地发现出来。辑录成书的，据我所知，有乾隆时李调元所辑的《粤风》，嘉庆时华广生所辑的《白雪遗音》，咸丰时郑旭旦所辑的《天籁集》。《粤风》在《函海》中，比较易见，而现在也有重编的铅印本。《白雪遗音》原本不易得，但现在有铅印的《白雪遗音选》《白雪遗音续选》。《天籁集》也不易得，光绪末有人偷取原本，改书名为《天籁》，改辑者为钱塘悟痴生，铅印于日本，但这种铅印本到现在也不易见了。

清人"诗话"中也有时说到民歌。如王士禛《渔洋诗话》、李调元《雨村诗话》，它们中间都说到广东、广西的民歌。

又有招子庸创为《粤讴》，在那时候可说是一种民歌化的文人诗，又多用广东方言，地方的色彩很丰富，它确是一种创作。不过到现在拟作的人很多，这种拟作就没有意味。"粤讴"二字本来是它的书名，是一个专名，到现在已变为一种体裁，已由专名变为公名了。

（四）小说的变迁

清代的小说和清以前的小说比较有两种大变化，值得我们注意的，一种是进化，一种是退化。所谓进化就是由宋、元式的“说话”变为“描写”，这是以曹霑的《红楼梦》为创作，以后吴敬梓的《儒林外史》，也是这样。“说话”所取的材料都是离奇曲折、热闹非常的故事，如《三国演义》《水浒传》《西游记》等都是；“描写”只取日常平浅的生活，如《红楼梦》《儒林外史》都是。两种相比，当然是后者比前者好，所以说是进化。然从另一方面说，又是退化。所谓退化，是由宋、元式的民众文学变而为贵族阶级的文学，变而为文人阶级的文学。因为《红楼梦》所描写的都是贵族的生活，《儒林外史》所描写的多半是文人的生活，都和民众绝不相干。这是值得我们注意的两点。

但在同时，宋、元式的“说话”还是有的，如《七侠五义》《儿女英雄传》《粉妆楼》等都是。后来学着《儒林外史》的有吴沃尧的《二十年目睹之怪现状》，刘鹗的《老残游记》，而《老残游记》描写得最好，《二十年目睹之怪现状》次之，又有李宝嘉的《官场现形记》，描写力更差，几乎是叙述故事，把许多短篇故事缀集成一部长篇小说。

在清代，晋、唐式的小说也很盛行。其中以蒲松龄的《聊斋志异》为最著名，其次就是纪昀的《阅微草堂笔记》，再次如袁枚的《子不语》等，那就多不胜记了。

此外，有李汝珍的《镜花缘》，托言唐敖、林之洋、多九公三人游历海外，到过许多奇怪的国，如大人国、小人国、两面国、君子国、白民国、黑齿国等，它的思想很好。又有《花月痕》，以娼妓为背景，《品花宝鉴》以优伶为背景，这两部书在清代的小说中也很有名，但没有多高的价值。

清末，西洋的小说输入中国而后，替中国的小说界开辟一块新园地，待后面再详说，这里暂不多述。

（五）戏曲的变迁

清初的戏曲还是承明代“南曲”之旧，通称为“传奇”。以孔尚任的《桃花扇》为最有名。《桃花扇》以侯方域及金陵名妓李香君的恋爱故事为主，中间夹叙明代亡国的事实，哀艳苍凉，故很能感动人。稍后有洪昇的《长生殿》，演唐玄宗和杨太真的故事，也很有名。其次如李渔的《十种曲》，蒋士铨的《藏园九种曲》，黄燮清的《倚晴楼七种曲》也有名，但都不及《桃花扇》《长生殿》好。

同时，民间的“地方戏”也很盛行。有所谓“二簧调”，又称“湖广调”，行于湖北，因黄冈、黄陂二县而得名。有所谓“秦腔”，又称“西皮”，又称“梆子”，行于陕西，又有“弋阳腔”行于江西，“徽调”行于安徽。到了乾隆以后，由许多的“地方戏”集中于今北平[①]，清北京。变化为“京戏”，直流行到现在。复有旁枝别派，如南方的“滩簧”，北方的“大鼓”，则介乎是戏曲、非戏曲之间。再有广东、福建等“地方戏”，始终是独立的，而没有加入“京戏”。

清末，西洋戏剧从日本间接输入，中国的戏曲界乃开始发生变化，这待下面另外说，这里暂不多述。

（六）满洲、蒙古文人的中国化

满洲没入关山海关以前，初借用蒙古文字，后又自制文字，称为“满文”，汉文重要的书籍及通俗的书籍都有“满文”译本，而《三国演义》尤为满洲人所喜读。入关以后，一切的事都和汉人同化了，满洲都习汉文，善作诗及散文的

① 旧市名。在中国北部。1928年改北京为北平，1949年10月1日中华人民共和国成立后以此地为首都，复称“北京”。后文“北平大学”即指“北京大学”。

也很多。如纳兰性德就是其中最著名的一个，他的“饮水诗词”，至今为人所称道，而《饮水词》为尤佳。

在元代，蒙古人本已一度中国化了，到清代蒙古加入中国的版图而后，同化的程度更深。其中善作汉诗的以法式善为最著。

此外，满、蒙诗人的作品，如《熙朝雅颂》《遗逸清音》二集所收，就质而言虽不能说是十分好，就量而言确是不少。

（七）中国文学对日本、高丽及安南的输出

中国文学对日本、高丽的输出，本开始于南北朝及隋、唐时，在前面第六章里已经说过了。到宋代，高丽为辽所隔，日本海道交通中断，中国文学对外的输出暂时中止。到明、清两代又渐渐复盛起来，而以清代为尤盛。

又明、清以来，除了日本、高丽，安南、琉球等国人也多喜作中国诗。今分别略述如下。

日本的诗人除了在前面第六章里已经说过的，明初有诗僧绝海于洪武时至中国，太祖召见于武英楼，问海邦遗迹、熊野古祠，应制赋《三山》诗云：

熊野峰前徐福祠，满山药草雨余肥。

只今海上波涛稳，万里好风须早归。

太祖曾和他的诗，绝海把墨迹带归日本。绝海有《蕉坚稿》诗文共一卷，日本昭庆禅院刊本。参看明代文学的特点。当中国清代，日本人作中国诗的更多，如物茂卿、新井君美、赖襄等为尤有名。俞樾辑《东瀛诗选》多至四十四卷，五百余人，此书刻于日本，《春在堂全书》中不收。书中各人年代不能详考，大概以清后半期的人为多。

高丽的诗人除了前面第六章里已经说过的而外，当中国元代有李齐贤，著有《益斋乱藁》十卷、拾遗一卷。明末、清初高丽诗人尤多，吴明济有《朝鲜诗选》，书目见《明诗综》，孙致弥有《朝鲜采风录》，书目见《池北偶谈》，其中以金尚宪、郑和常、苏世让、申光汉等为最著。而金尚宪《登州诗》“淡云微雨小姑祠，菊秀兰衰八月时”，尤为中国诗人传诵。高丽人专集很多，不及遍记。

安南古称交趾，和中国交通虽然很早，安南人也多通汉文，而安南人所作的中国文学作品，据我所考，到元代才有。当中国元代安南人黎崱撰《安南志略》中有《安南名人诗》一卷。李调元《雨村诗话》有记安南使臣阮辉僿事，他的《徐闻遇雪》诗云：“插汉苍松偏傲雪，迎风弱柳欲鞭空。”阮辉僜又有《岳阳楼》诗云：“雾借山光吞去鸟，客从镜上数归渔。”附见于王文治诗集中，王文治诗云：

淡云微雨朝鲜使，去鸟归渔交趾才。
我是中朝旧供奉，江湖白发首重回。

琉球是日本附近的一个海岛，在被日本并吞以前，乃是一个独立的岛国，和中国交通也很早，在明代以来渐受着中国文化的影响，派人到中国来留学，来求书。清初毛奇龄《西河诗话》有记琉球人到中国求书的事，王士禛《池北偶谈》载琉球天王寺僧瘦梅诗、万松院僧不羁诗，清代中期人所著《耐冷谈》也载瘦梅诗，又载仙江院僧宗宝诗。他们的学校是附设在寺院里，教师就是和尚，故能作“汉诗”的都是僧人。

以上所述都是明初至清代盛时的情形。到了现在，局面已完全改变了。我们固不必夸耀中国文化的远被以此自豪，也不是要抚今思昔引起古今盛衰之感：我们不过是做文学史，是要知道历史上确是有这样的一段事实罢了。

（八）西洋文学的输入

西洋文学输入中国，在清代文学史上要算是一件极重要的事情。考西洋的宗教、科学及哲学思想输入中国比较的为早，有三四百年的历史，而文学作品译成中文则至早不出六十年前。

把西洋小说大批地译成中文的，人人都知道是林纾，考林译的小说以《巴黎茶花女遗事》为最早，然《巴黎茶花女遗事》是译于光绪二十年以后，在它以前，同治十一年的《申报》上已有翻译西洋的小说了。如《华盛顿·欧文笔记》中的一节，已经被译，不过人名、地名都改从中国，中间又掺杂一些中国的人情风俗，并不说明是译的，只说是自己的创作。这是中国人初步译外国书的惯例。总算到林纾译书时，已明明白白说是译的了，然改变原文的地方很多，他又用文言翻译，实在太困难，虽然也另外有一种趣味，但今人多说他不忠实。这也是时代的关系，无可如何的。

同时，除了林纾翻译西洋小说二百多种，再有伍光建译的《侠隐记》《续侠隐记》也很有名。

那时候用白话翻译的西洋短篇小说，有周作人的《域外小说集》，出版于光绪、宣统之间，可说是最早的一部短篇小说集。但那时人完全不能领会，几乎没人爱读，所以这部书的名字也没人知道。

诗歌的翻译，以王韬译《马赛歌》为最早，附见于他的《普法战纪》中。此外，到光绪三十年的前后才有马君武译的拜伦《哀希腊》、歌德《阿明临海岸哭女诗》，苏曼殊译的拜伦《哀希腊》、雪莱《冬日》，辜汤生译的《痴汉骑马歌》等，次第出版。它们都是中西文对照印的，除了《痴汉骑马歌》，其他两种都是印于日本。

西洋式的戏剧，在光绪三十年前后开始在上海试演过。西洋的戏本，翻译成中文的有《夜未央》《鸣不平》等一二种。西洋式的戏剧在清末输入中国大概是从日本间接输入的。当时候有留学生在日本组织春柳社，专演西洋戏，如李叔同即今弘一大师。就是当时演《茶花女》的角色之一。同时，上海学校中遇着开游艺会时，多演戏点缀，大概是从日本学来的。春柳社于民国三年间曾演剧于上海南京路，以演《不如归》著名，但不久便散了。

（九）中国文学对西洋的输出

今人都知道中国文学中的名著都有西文译本，但翻译开始于何时，很难查考。然至早不能在利玛窦以前。据我所知的，《诗经》《离骚》《史记》《红楼梦》《元曲选》的一大半及零碎的诗歌，都有西文译本，大概都是西洋人译的。由中国人译的只有辜汤生的“四书”“五经”及陈季同用法文写的《中国神话集》。

以上是据我所知的而言，我所调查未及的当然不在此例，也只就明至清而言，民国以来的也不在此例。

二、清代文学的特点

（1）满人入关以后，对于汉人猜疑得很厉害，略带一点种族思想的文学作品都被他们焚毁，又屡兴文字狱，牵连的人不少，结果使得民气消沉，文学当然受着一种重大的损害。

（2）康熙、乾隆两朝两次开“博学鸿词科”，牢笼当时候的人才，使他们就满人的范围，消磨汉人的民族观念，结果对于文学的损害也不少。

（3）清乾隆帝敕修《四库全书》，他的用意也无非是

观榜图（局部） 〔清〕梁言 绘

牢笼人才；不过从另一方面说，把中国所有的书总汇在一起，成了一部空前的巨著，倒也是一种很好的工作。按，《四库全书》总编纂人为纪昀，分编纂人为陆锡熊、戴震、邵晋涵、周永年等三百六十人。全书三万六千册，同样的书分为七部，共用抄写员一千五百人，经九年而后抄成。每部建造一阁以贮藏它：一为文渊阁，在清宫中；一为文源阁，在圆明园；一为文津阁，在热河[①]；一为文溯阁，在奉天今沈阳；一为文汇阁，在扬州大观堂；一为文宗阁，在镇江金山寺；一为文澜阁，在杭州西湖。后来圆明园的一部，于一八六〇年英、法联军之役，全数被毁。扬州、镇江的两部，于洪、杨之役，全数毁去。杭州的一部，也于洪、杨时散失一半，今经浙江图书馆重为补齐。民国九年，由徐世昌以文渊阁一部赠予法国。今在中国所存的只有热河、奉天及杭州共三部。民国十四年，上海商务印书馆曾预备影印，但因战事关系，不能将原书运到上海，以致搁起。将来不知何时才能有印刷的机会。

（4）历代的诗文总集，在清代所辑的很是完备。如

① 旧省名。辖今河北东北部、辽宁西部及内蒙古赤峰市。1914年设热河特别区域，1928年改设省，省会承德市。1955年撤销，分别并入河北、辽宁及内蒙古。

严可均的《全上古三代秦汉三国六朝文》、康熙时敕编的《全唐诗》、嘉庆时敕编的《全唐文》、李调元的《全五代诗》、吴之振的《宋诗钞》、康熙时敕编的《全金诗》、顾嗣立的《元诗选》、朱彝尊的《明诗综》、康熙时敕编的《历史诗余》，多是一个时代的作品的总汇，于文学史上有很大的价值。

（5）游戏文如“谜语”“酒令”等类，有的是发源很早，但到清代愈是工巧，种类也愈多，如“诗钟”就是清代的产物，讲这类游戏文的专书也不少。

（6）清人的“诗话”“文谈”也很多。以王士禛的《渔洋诗话》、施闰章的《蠖斋诗话》等为最佳。赵执信的《声调谱》拘拘于平仄声，袁枚的《随园诗话》过于滥收，虽很有名，但实在是不好。论文的以吕璜的《初月楼古文绪论》①为最好，其次是刘熙载的《文概》。

（7）清代中期章学诚著《文史通义》，中间有论文学的地方，见解极好，和今人所讲的文学原理不谋而合。在当时候是极不易得的。

（8）清初张山来选《虞初新志》，把王猷定的《汤琵

① 《初月楼古文绪论》由吴德旋口授，吕璜笔录。

琶传》、侯方域的《马伶传》、魏禧的《大铁椎传》、吴伟业的《柳敬亭传》，都从文集里拿出来当小说看，还它一个小说的本来面目，确是一种创见。后来跟着《虞初新志》而出的有《虞初续志》《广虞初新志》等多种。

（9）清末马建忠仿西洋“文法”书著《马氏文通》，为中国“文法”书的第一部。

（10）京师大学今北平大学教授林传甲著《中国文学史》，出版于宣统二年，为中国文学史的第一部。

（11）严复译《天演论》，学周、秦诸子的文，他定了三个字的译书的标准叫“信、达、雅”。“雅”字虽为今人所反对，但可想见当时候的风气。

（12）梁启超作文通俗易解，已开今日白话文之端。

（13）中国古籍从隋、唐以来流入日本而在中国反失传的很是不少。清末黎庶昌出使日本，和他的随员杨守敬，又从日本收回来许多，影刻为《古逸丛书》。其中有“唐卷子本”，有“宋本”，都极名贵。其实在黎庶昌前，鲍廷博刻《知不足斋丛书》时，已由日本市舶购回皇侃《论语义疏》、孔安国《古文孝经传》刻入丛书中。民国以来罗振玉、董康等又取回俗文学数种，次第刊行。

（14）又日本人天瀑山人刊《逸存丛书》，其中都是中国所已失传的书。

（15）光绪二十四五年间，河南安阳县地方发现“甲骨文字”，因为安阳是商代的故都，故今人通称为“殷墟文字”，这种发现能够使原有的文字学发生变化。又光绪三十三年，英国人斯坦因在甘肃敦煌千佛洞石室中发现所藏的唐、五代时写本书籍多种，这种发现也和中国的学术史有很大的关系。斯坦因之后又有法国人伯希和到敦煌来搜罗过一次。当时所发现的书大都被他们带往欧洲，今存在英国伦敦博物院、法国巴黎图书馆中的很多。最近有人从他们那边抄回来通俗文学多种，次第印行。这都是中国文学史上重要的材料。

（16）民国前三年清宣统元年，柳弃疾、陈去病等创立南社，借文学作品鼓吹革命，影响极大。先后入社的人共一千以上，为中国历史上极有关系的一个文学团体。

第十一章

文学作者的故事（上）

一、绪言

本章所述为文学作者的故事，性质略等于“文人传”“文人逸事”，然比“传记”为活泼，比“逸事”又较有系统。

所取之人以一时代的代表作者为主。或有虽非代表作者而其故事与文学有关，也一并采取；或虽为代表作者而无故事，也略记其姓名身世，以供查考。

本书是历史性质，取材以确实为主，故所根据的书经过相当的审查，其他“文人故事”有出于小说中而不可信的一概不取，间或采取一二，必注明为不可信。

本书是历史性质，叙事以简明为主，故本章多平铺直叙而不注意于描写。这一点为历史与小说不同处，读者勿将历史作小说看。

本章所用文体是介乎“古文”与“现代语”之间，与前数章略有不同，乃因所采材料原是“古文”，如欲一一译成“现代语”，不但是多占篇幅，而且有译不出处，倘使稍有参差，便失去原意，故本章除在相当范围内将“古文”改为“现代语”，其有不能或不必改的皆一仍其旧，结果便变成这样介乎二者之间的文体。这是不得已的办法，要请读者原谅。

二、汉魏文学作者的故事

（一）

在汉以前，除屈原、宋玉外无专以文学著称者，而屈、宋事在本书第三章已经叙过，故本章述文学作者的故事从汉、魏起。

贾谊，洛阳人。年十八岁即以能文著称。文帝召为博士，时年只二十余岁，一年之中超迁至大中大夫。而为绛灌等所忌，谗于文帝，文帝疏谊，使为长沙王太傅。谊既被谪，郁郁不自得，过湘水，作赋吊屈原，以屈原自比，故后人又并称为屈、贾。

谊居长沙，三年，有鵩飞入谊室，鵩为不祥之鸟，谊自以为寿不得长，乃作赋以自解。

后虽召见，终不得大用，使为梁怀王太傅。后怀王坠马而死，谊悲伤，岁余亦死。年三十三。

（二）

邹阳，齐人。汉初诸王皆自治民聘贤，吴王濞招致四方游士，邹阳与枚乘、严忌等仕吴，以能文著称。后知吴王有谋反意，阳上书切谏，不听，于是又皆去吴而仕于梁孝王。继为羊胜等所谗，孝王下阳于狱，阳于狱中上书自明，乃得释。

（三）

枚乘，字叔，淮阴人。初仕吴，继游梁，以能辞赋著称。武帝时乘年已老，被征召，未至长安而死。

乘作《七发》，始创为“七”体。《古诗十九首》《玉台新咏》说，其中若干首为乘作。

（四）

严忌，本姓庄，因《汉书》避汉明帝讳，改为严。由拳人。景帝时游梁，为梁孝王所重，时人称为严夫子。

（五）

刘安，为高帝之孙，封淮南王，后人又称为淮南子。喜读书，能为辞赋，又好神仙、方术，招致宾客，相与论学著书，有《淮南子》内书二十一篇，又有外书，今不传。《汉志》有《淮南王赋》八十二篇，《淮南王群臣赋》四十四篇，今只存《招隐》一篇于《楚辞》中，为淮南群臣作。又有《屏风赋》，见《艺文类聚》，据云为淮南王作，然真假不可考。又有《熏笼赋》，题目见于《别录》，赋已不传。

淮南王后因谋反事发而自杀，俗传仙去，不可信。

（六）

严助，会稽吴人。或谓严忌子，或谓严忌族子。武帝时应贤良封策，为中大夫。

《汉书》云：“其尤亲幸者，东方朔、枚皋、严助、吾丘寿王、司马相如。相如常称疾避事。朔、皋不根持论，上颇俳优畜之。唯助与寿王见任用，而助最先进。”

（七）

东方朔，字曼倩。平原厌次人。滑稽多智，以诙谐奉供武帝左右。朔初至长安，上书自述云：“臣朔少失父母，长养兄嫂。年十三学书，三冬文史足用。十五学击剑。十六学诗书，诵二十二万言。十九学孙吴兵法，战阵之具，钲鼓之教，亦诵二十二万言。凡臣朔固已诵四十四万言。又常服子路之言。臣朔年二十二，长九尺三寸，目若悬珠，齿若编贝，勇若孟贲，捷若庆忌，廉若鲍叔，信若尾生。若此，可以为天子大臣矣。”观此可以想见东方朔之狂态。

朔善射覆，武帝以壁虎覆盂下令诸人射，皆不能中，朔射云：“臣以为龙又无角，谓之为蛇又有足，跂跂脉脉善缘壁，是非守宫即壁虎即蜥蜴。”射中，为武帝所称赏，赐帛十匹。复使射他物，又皆中。

一日，武帝赐诸臣肉，大官迟到，朔独拔剑割肉而去。明日，大官告武帝，武帝使朔自责。朔云：“朔来！朔来！受赐不待诏，何无礼也！拔剑割肉，一何壮也！割之不多，又何廉也！归遗细君，又何仁也！”颜师古说：细为东方朔妻名。一说，细谓小。武帝笑云：“使先生自责，乃反自誉！”复赐酒一石，肉百斤，归遗细君。

按，东方朔诙谐戏弄大概如此，故班固称为“滑稽之雄”。

（八）

司马相如，字长卿。蜀郡成都人。少年喜读书，学击剑。本名犬子，因慕蔺相如为人，改名相如。相如尝作《子虚赋》，传入宫中，为武帝所赏，因狗监杨得意之荐，被召见。相如云：“然此乃诸侯之事，未足观，请为天子游猎之赋。”乃设为子虚、乌有先生、亡是公三人互相问答，叙天子园囿富美，而寓讽谏之意。赋成，武帝以相如为郎。

相如未遇时，客临邛。临邛富人卓王孙有女，名文君，新寡，相如饮于王孙家，弄琴挑文君，文君乃逃奔相如，同归成都。然相如家贫，不能度日，又至临邛，设酒店于市上，文君亲自当炉，相如自作酒保。此事为卓王孙所知，以为耻辱，乃分财与相如，相如乃归成都，买田宅，成富人。

（九）

朱买臣，字翁子。吴人。家贫，喜读书，卖柴自给，担柴，且行且读。买臣妻引以为耻，求去。买臣云："我年五十当富贵，今已四十余矣。女苦日久，待我富贵报女功。"妻怒云："如公等，终饿死沟中耳，何能富贵？"买臣不能强，遂去。后买臣游长安，严助荐于武帝，被召见，使为中大夫。买臣后还吴，见其妻，时妻已改嫁，买臣待其妻甚厚。居一月，妻自吊死。

买臣亦以辞赋事武帝，在严助、司马相如之间。《汉志》有《买臣赋》三篇。

（十）

司马迁，字子长。龙门人。父名谈，为太史令。迁少年好游，周览名山大川，随处采访旧闻，凭吊古迹，涵养既久，乃一一发之于文章。武帝时继父业为太史令。时李陵降匈奴，迁因言陵事而得罪，因发愤著《史记》一百三十卷，多借古人事以抒己情，故其《伯夷传》《屈贾传》《刺客传》《游侠传》等篇尤工。

（十一）

刘向，字子政，本名更生。宣帝时，领校秘书，作《别录》，为书目提要之始。又尝辑录周、秦逸事，作《列女传》《新序》《说苑》等书，或谓当时外戚权位日盛，向作《列女传》，采诗书所述后妃美德，意在讽谏。此言甚是。

（十二）

刘歆，字子骏。刘向子。哀帝时继父业校书，作《七略》，为《汉书·艺文志》之所本。后改名秀，字颖叔，为王莽国师，为后人所诟病。

（十三）

扬雄，字子云。成都人。口吃不能剧谈，而博览群书，无所不见。作文喜仿古，尝作《太玄》以拟《易经》，作《法言》以拟《论语》，然句模字仿，无甚价值。

又尝谓“君子……遇不遇命也，何必湛身哉”。因作《反离骚》，自岷山投于江流，以吊屈原。

雄又多识奇字、俗语，收作《方言》一书，极有价值。

雄专以著书为事，无意于功名。刘歆尝读《太玄》，谓雄云：“空自苦！今学者有禄利，然尚不能明《易》，又如

《玄》何？吾恐后人用覆酱瓿也。”雄笑而不应。

（十四）

班固，字孟坚。扶风安陵人。父名彪，字叔皮，有志继司马迁而作史。固修《汉书》多本于彪。《汉书》断代成书，在当时为创格。固又有《两都赋》，最著名。

（十五）

班昭，字惠班。班彪女，班固妹。嫁曹世叔。和帝时在宫中为皇后师，称曹大家。固作《汉书》，未就而死，和帝诏昭就东观藏书续作，乃成完书。

（十六）

冯衍，字敬通。京兆杜陵人。少以能文著称。王莽时从廉丹征山东，丹战死，衍乃亡命河东。光武中兴，衍郁郁不得志，乃作《显志赋》以自慰。后终老于家。

（十七）

张衡，字平子。南阳西鄂人。尝学班固《两都赋》作《二京赋》，十年乃成。

（十八）

蔡邕，字伯喈。陈留圉人。博学能文。董卓当国时，邕尝为卓所敬重，其后董卓既败，邕在王允座上，谈及卓事，不觉叹息，允指邕为叛逆，欲杀邕。邕请黥首刖足，继成“汉史”。王允不许，并谓“武帝不杀司马迁，使作谤书……不可令佞臣执笔在幼主左右”云云。后邕死于狱中。

（十九）

蔡琰，字文姬。蔡邕女，嫁卫仲道。汉末乱时，为匈奴兵所得，居匈奴二十年，生二子，后曹操以金玉赎回。后再嫁董祀。

文姬在匈奴时，就胡乐为歌，作《胡笳十八拍》，颇有名。或又谓非文姬作。

（二十）

曹操，字孟德。谯人。谋篡汉而未成，后其子曹丕追称为魏武帝。

操善为文，所作四言诗尤佳。“月明星稀，乌鹊南飞，绕树三匝，何枝可依？”尝为苏东坡所引。晋王敦于酒后每喜咏操诗云：“老骥伏枥，志在千里；烈士暮年，壮心不已。”以如意打唾壶。壶口尽缺。

（二十一）

曹丕，字子桓。操子。自立为帝，国号魏。曹氏父子皆能文，而一时文人皆被罗致门下。子桓有《典论·论文》，评当时七文人云：“王粲长于辞赋，徐幹时有齐气……琳陈琳瑀阮瑀表章书记，今之隽也。应玚和而不畅。刘桢壮而不密。孔融体气高妙，有过人者，然不能持论，理不胜词，至乎难以嘲戏，及其所善，扬、班俦也。”丕所论七人皆生于建安之世，后人称为“建安七子”。

七子中王粲生平喜听驴鸣，及死，子桓往吊，谓同吊人道：“王好驴鸣，可各作一声以送之。”吊客乃一一作驴鸣。

（二十二）

曹植，字子建。操子，丕弟。封东阿王，又封陈王，谥思，故《诗品》称陈思王。其五言诗在当时为最佳。又尝作《洛神赋》，颇有名，或谓《洛神赋》为文帝子桓后甄氏而作。

子桓与子建本是同母兄弟，子桓尝令子建作诗，限于七步中作成，如不成，当死。子建云：“煮豆持作羹，漉菽以为汁。萁在釜下然，豆在釜中泣。本自同根生，相煎何太急！”

（二十三）

孔融，字文举。鲁国人。当曹操柄国政时，融与操书，多侮慢语，操虽忌融而无可如何，后使人扬谓融与祢衡跌荡放言，自比孔子、颜回，因构成其罪而杀融。祢衡，字正平。恃才傲物，独与融友善。后依黄祖，于席上作《鹦鹉赋》，辞采甚丽，后终以事忤黄祖，为祖所杀。

（二十四）

王粲，字仲宣。山阳人。少在长安，为蔡邕所赏，自叹为不如。后仕魏，尝从征吴，死于道中。年四十一。粲有《登楼赋》，极有名。

曹子桓云：“仲宣独自善于辞赋，惜其体弱，不足起其文，至于所善，古人无以过也。”

（二十五）

徐幹，字伟长。北海人。曹子桓谓“徐幹时有齐气”，又谓“观古今文人，类不护细行，鲜能以名节自立，而伟长独怀文抱质，恬淡寡欲，有箕山之志，可谓彬彬君子矣”。伟长有《中论》一书，于汉、魏间为不可多得之作。

（二十六）

陈琳，字孔璋。广陵人。初依袁绍，尝为绍移书骂操。袁绍败，琳归操。操云：“卿昔为本初袁绍字移书，但可罪状孤而已，恶恶止其身，何乃上及父祖邪？”琳谢罪。操爱琳才而不咎，使掌书记。一时军国书记多出琳、瑀二人手。

（二十七）

阮瑀，字元瑜。陈留人。少受学于蔡邕。后仕于操，为掌书记。子桓谓：“元瑜书记翩翩，致足乐也。”

（二十八）

应场，字德琏。汝南人。仕魏，以能文赋，与徐幹、刘桢等为曹氏父子所赏。

（二十九）

刘桢，字公幹。东平人。子桓评公幹文谓为“壮而不密”。又谓“公幹有逸气，但未遒耳”。

子桓尝与诸文人饮酒，命夫人甄氏出见客，诸人皆俯伏，独刘桢平视，桢因得罪于曹氏。

三、晋南北朝文学作者的故事

（一）

晋初文学作者有“竹林七贤”，颇为著名。七贤为阮籍、嵇康、山涛、刘伶、阮咸、向秀、王戎。七人相友善，常集竹林之下，肆意放诞，当时称为“竹林七贤”，举世相慕效，造成一代风气。

七贤之名见于《世说新语》。《任诞篇》。王隐《晋书》则谓“魏末阮籍嗜酒荒放，露头散发，裸袒箕踞。其后贵游之子弟阮瞻、王澄、谢鲲、胡毋辅之之徒皆祖述于籍，谓得大道之本”云云。王隐《晋书》今已逸。此据《世说新语》注引。

（二）

阮籍，字嗣宗。陈留人。阮瑀之子。博览群书，尤好庄、老，放浪形骸，蔑弃礼法。人以为狂。有《咏怀》诗，为世所重。又有《达庄论》，说无为之理。

籍喜饮酒。文帝时，闻步兵校尉缺，厨中藏酒甚多，便求为步兵校尉。

古礼，叔嫂不通问。阮籍嫂还家，籍独送别，或责籍，籍道：“礼岂为我辈设？”

籍母将死，籍方与客着围棋，客请止，籍不肯，及终局，饮酒三斗，举声一号，呕血数斗，困顿多日。

籍善啸，啸声闻数百步。尝于苏门山中遇孙登，与语，不应。籍乃长啸而返。行到半山，闻山上有啸声如鸾凤和鸣，众乐并作，回看，乃是孙登。

（三）

阮咸，字仲容。阮籍之侄。放任不拘礼法，与阮籍同。

山涛举阮咸为吏部郎，云："清真寡欲，万物不能移也。"

阮氏诸兄弟分居道南北。"北阮"多富，仲容居道南，独贫。夏日，"北阮"晒衣服，皆罗绮锦绣，仲容以竿挂破裤于庭中，云："未能免俗，聊复尔耳。"

诸阮皆能饮酒，宗人取饮，不用杯，只以大缸盛酒，围坐就饮，常有猪来相与共饮。

（四）

嵇康，字叔夜。谯郡人。本姓奚，会稽人，先世自会稽迁至谯郡，居嵇山下，始改姓嵇。康性高迈不群，风姿秀伟。时人称云："肃肃如松下风，高而徐引。"山涛云："嵇叔夜之为人也，岩岩若孤松之独立；其醉也，傀俄若玉山之将崩。"

山涛迁官，举康自代，康不就，并与山涛绝交。

康性巧，能锻铁。钟会闻康名，乘车往访，康在大树下扬椎不辍，旁若无人，不与钟交一言。钟将去，康问道："何所闻而来？何所见而去？"钟道："闻所闻而来，见所见而去。"

康与吕安友善。一日，安来访康，康适他出，康兄喜出迎客，安不入，题"凤"字于门上而去。喜犹以为誉己，不知其为寓“凡鸟”二字。

康尝于汲郡山中遇道士孙登，便与同游。康临去，登道：“君才则高矣，保身之道不足。”后康果被杀。

康临刑，神色不变，取琴弹《广陵散》，叹道：“袁孝尼尝请学此散，吾靳固不与，《广陵散》于今绝矣！”

（五）

山涛，字巨源。河内人。官吏部时，甄拔人物，各为题目，时人称为“山公启事”。

山涛有子名简，字季伦。为征南将军，镇守襄阳，纵情游宴。襄阳有高阳池，为季伦宴游之所。时人有诗云：“山公时一醉，径造高阳池。日莫倒载归，茗艼无所知。复能乘骏马，倒着白接篱。举手问葛强，何如并州儿？”葛强为季伦爱将，并州人。

（六）

刘伶，字伯伦。沛国人。容貌丑陋，放情肆志。尤喜饮酒，有《酒德颂》，盛称酒德之美。

伶饮酒终日沉醉，其妇谏云：“君饮太过，非摄生之道，必宜断之。”伶云：“我不能自禁，唯当祝鬼神，自誓断之耳。便可具酒肉。”及妻供酒肉于神前，伶跪而祝云：“天生刘伶，以酒为名，一饮一斛，五斗解酲。妇女之言，慎不可听。”言罢，引酒进肉，颓然大醉。

伶出游，常使童子荷钟相随，云：“死于何处，便埋于何处。”

伶尝裸体家居，适有客至，责其无礼，伶云：“我以天地为栋宇，屋室为裈衣，诸君何为入我裈中？”

（七）

向秀，字子期。河内怀人。深于老、庄之学，尝注《庄子》，多所发明。后郭象又注《庄子》，多取秀说，只《秋水》《至乐》两篇是象自注。

向尝与嵇康论养生，反复不倦，又尝助嵇康锻铁，相对欣然，旁若无人。

（八）

王戎，字濬冲。琅邪人。在七贤中阮咸、王戎皆无多著作流传于后世。

（九）

张华，字茂先。范阳人。晋初以参赞伐吴有功，封庶武侯。华于书无不博览，尝作《博物志》，唯今所传十卷本《博物志》非华原本。

（十）

七贤而后，文学作者首推“三张、二陆、两潘、一左”。此说出于钟嵘《诗品》，谓“晋太康中三张、二陆、两潘、一左”云云。《文心雕龙》也谓张、潘、左、陆，比肩诗衢，是此八人可为当时作者的代表。今分述如下。

（十一）

张载，字孟阳。安平人。张协，字景阳，载之弟。张亢，字季阳，协之弟。并称为“三张”。孟阳尝入蜀省父，作《剑阁铭》，因以得名。三人虽并称，然季阳才力不及两兄。

（十二）

陆机，字士衡。吴郡人。陆云，字士龙。机之弟。并称为“二陆”。二陆祖父世为将相，机、云又才华焕发，故名重一时。机有《文赋》尤著名。

张华尝谓机云：“人之为文，常恨才少，而子更患其多。”

唯机、云兄弟初入洛时，尝往见刘道真。相见毕，道真不作他言，但问：“东吴有长柄壶芦，卿得种来不？”陆机兄弟大懊丧。

（十三）

潘岳，字安仁。荥阳中牟人。潘尼，字正叔。岳之徒子。并称为“两潘”。

孙绰评潘岳与陆机云："潘文烂若披锦，无处不善；陆文若排沙简金，往往见宝。"又云："潘文浅而净，陆文深而芜。"

潘岳辞赋以《闲居》一篇为最有名。而尤工哀诔之作。

潘岳美姿容，每出游，妇女以果掷岳，必载果满车而归。张载貌丑，每出，小儿以瓦石投载。**按《裴子语林》谓貌丑为张载，《世说新语》谓貌丑为左思，二说不同。**

（十四）

左思，字太冲。齐国临淄人。称为"一左"。

思貌丑，口讷，而工于文。不喜交游，唯以闲居为事。初作《齐都赋》，一年乃成，更欲惟广为《三都》，亲就张载问蜀中事，苦心经营，十年乃就。

思作《三都赋》成，时人多相讥议，思以赋呈张华。华道："此赋甚好，可比《二京》，但你声名未著，故不为世所重，今宜请名人品题乃可。"思又以赋呈皇甫谧，谧大加赞赏，自此豪富之家相争传写，洛阳为之纸贵。

太冲《咏史》诗、《招隐》诗皆极有名。

（十五）

张翰，字季鹰。吴人。仕于齐王，在洛中见秋风起，因思吴中菰菜莼羹、鲈鱼脍，叹道："人生贵得适意尔，何能羁宦数千里以要名爵！”于是便归吴。不久，齐王即败。

季鹰放纵不拘，或云：“卿乃可纵适一时，独不为身后名邪？”答云：“使我有身后名，不如实时一杯酒！”

季鹰与顾彦先为友。彦先喜弹琴，及死，家人以琴置灵床上。季鹰往吊，登床，鼓琴数曲，抚琴云：“顾彦先颇复赏此不？”言罢，大恸，不与孝子告辞而别。

（十六）

毕卓，字茂世。新蔡人。为吏部郎，以饮酒废职。遇邻家酿酒方熟，茂世夜至瓮间偷饮，主人仆以为盗，执见主人，乃知是毕吏部，便相与痛饮瓮侧，大醉而去。

（十七）

干宝，字令升。新蔡人。著《搜神记》。既成，求刘真长刘惔作序，真长云：“卿可谓鬼之董狐。”按，今所传二十卷本《搜神记》非干宝原书。

或云：“宝父有宠婢，而母性妒。父死，母推婢入父棺中，后葬父，婢犹未死，能说鬼怪事。宝又有兄，病死复苏，也能说鬼怪事。宝因撰作《搜神记》。”按，此说怪诞，绝不可信，只能取供谈助，不得认为事实。

（十八）

郭璞，字景纯。河东人。博学多识。尝注《尔雅》《方言》《山海经》《穆天子传》等书，流传至今。

璞又精于阴阳卜筮之术。在当时为人所重。

璞有《游仙诗》，极有名。以道家思想融会入诗，当以景纯《游仙诗》为最早。

《诗品》云：“永嘉时……建安风力尽矣。先是郭景纯用俊上之才，变创其体；刘越石仗清刚之气，赞成厥美。然彼众我寡，未能动俗。”读此可知同时作者寥寥无几，除郭、刘外几无可称道。

（十九）

刘琨，字越石。中山魏昌人。少以文赋著称。愍帝时为大将军都督并州诸军事。所作诗极悲壮苍凉之致。

琨与祖逖友善，慨然有澄清中原之志。尝二人同卧，半夜闻荒鸡鸣，逖蹴琨醒云：“此非恶声也。”因共起舞。

（二十）

葛洪，字稚川。句容人。元帝时为丞相，平乱有功，赐爵关内侯。后归隐学仙，著《抱朴子》《神仙传》等书。

（二十一）

东晋时，诸名流遇春秋佳日，每集新亭宴会。一日，周颛忽有所感，叹道：“风景不殊，正自有山河之异！”诸人皆相向哭泣。唯王导愀然说：“当共勠力王室，克复神州，何至作楚囚相对！”按周𫖮所言，消沉颓废，可为当时文人思想的代表，故记于此，以见一时代政局与文学的关系。

（二十二）

谢安与儿女辈论文，时方下雪，谢安云：“白雪纷纷何所似？”其侄谢朗答云：“撒盐空中差可拟。”侄女道蕴答云：“未若柳絮因风起。”

（二十三）

桓伊，字子野。每闻清歌，辄唤“奈何”。谢安云：“子野可谓一往有深情。”

（二十四）

郝隆，为桓温南蛮参军。三月三日，宴集赋诗，隆作一句云：“娵隅跃清池。”桓问：“娵隅是何物？”答云：“蛮名鱼为娵隅。”桓云：“作诗何以作蛮语？”隆云：“千里投公，始得蛮府参军，那得不作蛮语也？”

隆尝于七月七日仰卧日中。人问何故，答道：“我晒腹中书。”

（二十五）

张湛喜于斋前种松柏，袁山松出游喜令左右唱挽歌。时人云：“张屋下陈尸，袁道上行殡。”

（二十六）

王羲之，字逸少。琅邪临沂人。为右军将军会稽内史，世称王右军。尝于永和九年暮春之初，与谢安等四十余人会于兰亭，诸人赋诗，逸少为序。多旷达语，为后人所传诵。

羲之书法绝佳，临池学书，池水尽黑。草隶为古今之冠。所书《兰亭集序》为后世所重，然自唐以后已无真本。

时人称羲之“飘如游云，矫若惊龙”。可想见其风度。此言出《世说新语》。然后人又谓是称羲之书法，而非称羲之风度。

（二十七）

王徽之，字子猷。羲之子。为人卓荦不羁。尝借人空宅暂住，便命种竹。人问：“暂住何烦尔？”子猷云：“何可一日无此君？”

子猷居山阴，尝雪夜思戴安道。时戴在剡溪，便乘小船往访。到门，不入而返。人问何故。答云：“吾本乘兴而行，兴尽而返，何必见戴？”

子猷素闻桓子野善吹笛，而不相识。一日，子猷在舟中遇桓从岸上过，舟中客识子野，邀令吹笛，桓闻子猷名，便下车为吹三调，吹毕，上车而去，主客不交一言。

子猷、子敬皆病，子敬名献之，羲之子。而子敬先死。

子猷问左右："何以都不闻消息？此已丧矣！"便乘舆往吊。既至，不哭，只坐灵床上弹子敬平日所爱琴。琴弦不调，乃掷琴于地，云："子敬，子敬，人琴俱亡！"大恸而归。月余亦死。

（二十八）

简文帝尝入华林园，谓左右道："会心处不必在远，翳然林水，便自有濠、濮间想也。觉鸟兽禽鱼，自来亲人。"

（二十九）

陶潜，字渊明，又名元亮。浔阳柴桑人。大司马陶侃曾孙。少有高趣，所居门前有柳五株，因号五柳先生，作《五柳先生传》以自比。略云："闲静少言，不慕荣利。好读书，不求甚解，每有会意，便欣然忘食。性嗜酒，家贫不能常得。亲旧知其如此，或置酒而招之。造饮辄尽，期在必醉，既醉而退，曾不吝情去留。环堵萧然，不蔽风日。短褐穿结，箪瓢屡空。晏如也。"读此可想见其风趣。

后以家贫，出仕为彭泽县令。郡中遣督至，县吏云："当束带接见。"渊明叹云："我不能为五斗米折腰见乡里小儿。"便辞官归里，赋《归去来辞》以见志。

渊明既归，乃躬耕自给，饮酒赋诗为乐。性爱菊，常常见于歌咏。

渊明不解音律而独爱琴，尝蓄无弦琴一张，每逢酒后，常抚琴以寄意。说道："但得琴中趣，何劳弦上音！"

又尝于与子书中自述其闲散生活云："少学琴书，偶爱闲静。开卷有得，便欣然忘食。见树木交阴，时鸟变声，亦复欣然有喜。常言五六月中，北窗下卧，遇凉风暂至，自谓是羲皇上人。"

江州刺史檀道济慕渊明名，登门往访，见他门巷萧条，困卧已经数日，道济云："夫贤者处世：天下无道则隐，有道则至。今子幸生文明之世，奈何自苦如此？"答云："潜也何敢望贤，志不及也。"道济见他无志出山，便不再劝。赠他米粮、肴馔，渊明皆辞谢不受。

当时有高僧远公结连社于庐山。招渊明入社。渊明道："许我饮酒则可。"远公虽许他饮酒，但他入社后，不久又攒眉而退。

渊明诗纯任自然，绝不修饰，然襟怀冲和，元气醇厚，非粗疏浅率者所可几及。唐以后诗人往往喜学渊明，然无一人能及渊明，故渊明诗可云千古独步。

（三十）

竺法深为东晋时名僧，尝往来于公卿之门。一日，在简文帝座上，或问云："道人何以游朱门？"答云："君自见其朱门，贫道如游蓬户。”

（三十一）

支道林也为当时名僧，尝养马数匹，或云：“道人不韵。”支答云：“贫道重其神骏。”支道林托人就深公买印山，深公云：“未闻巢、由买山而隐。”

（三十二）

刘宋文学作者当首推谢灵运。后世以颜延之、谢并称，然颜不如谢。钟嵘《诗品》云：“元嘉中，有谢灵运，才高词盛，富艳难踪，固已含跨刘、郭，陵轹潘、左。故知陈思为建安之杰，公干、仲宣为辅，陆机为太康之英，安仁、景阳为辅，谢客为元嘉之雄，颜延年为辅。斯皆五言之冠冕，文词之命世也。”此言甚是。

（三十三）

谢灵运，陈郡阳夏人。谢玄之孙。袭封康乐公，故又称为谢康乐。灵运性豪奢，喜游山水，尝自始宁南山伐木开径，直至临海，相从有数百人。临海太守惊骇，疑为山贼。后问明为灵运，乃安。

灵运登山陟岭，尝着木屐，上山则去前齿，下山则去后齿，世称为“谢公屐”。

灵运作诗独工于摹写山水。如云：“昏旦变气候，山水含清晖。”如云：“野旷沙岸净，天高秋月明。”如云：“异音同至听，殊响俱清越。”皆为谢客得意之句。

灵运族弟瞻及惠连并有文名。尝云：“每有篇章，对惠连辄得佳语。”一日，于永嘉西堂灵运尝为永嘉太守。吟诗，终日不就，忽梦惠连，便得“池塘生春草”之句，自以为此有神助，而非己语。

（三十四）

颜延之，字延年，琅邪临沂人。宋书称：“延之与陈郡谢灵运俱以词采齐名，自潘岳、陆机之后，文士莫及也。”延之子竣、测皆能文。宋文帝问延之诸子才能。延之云：“竣得臣笔，测得臣文。”

（三十五）

鲍照，字明远，东海人。作诗喜雕琢，“乐府”尤有名。有《芜城赋》，颇佳。

（三十六）

刘义庆，宋宗室，封临川王。喜招致文学之士，略有淮南子之风。尝撰《世说新语》一书，记魏、晋间名流逸事。

（三十七）

南齐文学作者以沈约、谢朓为最著。然沈约创“四声八病”之说，使文学受声律的束缚，可说是文学界的蟊贼，似不足道。若谢朓则有相当的价值。

（三十八）

沈约，字休文。吴兴武康人。历仕宋、齐、梁三代。著书甚多。撰《四声谱》，分为平、上、去、入，以为作诗必当先知“四声”。又创为“八病”之说。所谓“八病”：一“平头”；二“上尾”；三“蜂腰”；四“鹤膝”；五“大韵”；六“小韵”；七“旁纽”；八“正纽”。此说尤无谓。倘必欲如此作诗，将一句好诗作不出。

（三十九）

谢朓，字玄晖。陈郡阳夏人。为宣城太守，故后人又称为谢宣城。为诗别有深情妙理在笔墨之外。宣城多玄晖游览遗迹，如北楼、敬亭山皆是。其后李白游宣城，多追怀谢公之作。玄晖诗因李白常常称道而益为后人所重。王渔洋《论诗绝句》至谓李白“一生低首谢宣城”云。

（四十）

孔稚珪，字德璋。会稽人。其先周彦伦隐居钟山，后又应诏出为海盐令，秩满回京，将过山下。德璋乃托为山灵之意，作《北山移文》以拒彦伦。此文颇为后人所传诵。

（四十一）

梁之文学作者以江淹、吴均、范云、何逊、庚肩吾等为最著。而诸帝多能文，如简文帝《折杨柳》诗，元帝《荡妇秋思赋》等皆不愧为佳作。至于诏明《文选》、钟嵘《诗品》、任昉《文章缘起》、刘勰《文心雕龙》更是一时创作，而为前此所未有。

（四十二）

江淹，字文通。济阳考城人。文通，齐、梁间人。有《恨赋》，极有名。

江淹尝梦一伟丈夫，自称郭璞，谓淹云："吾有笔在卿处多年，可以见还。"淹探怀中，得五色笔，还璞，自此作诗不复成语。世人传为江淹才尽。

（四十三）

吴均，字叔庠。吴兴故鄣人。家贫，好学，尝为沈约所赏，因而知名。时人学其文，称为"吴均体"。均有《续齐谐记》，颇佳。

（四十四）

陶弘景，字通明。秣陵人。齐永明时，弃官，隐居句曲山，自号华阳隐居。梁武帝屡次征聘，皆不出山，遇国家大事，每向山中咨询，时人称为"山中宰相"。著有《刀剑录》《真诰》《华阳隐居集》等书。

齐高帝尝诏问山中何所有。弘景赋诗答云："山中何所有？岭上多白云。只可自怡悦，不堪持寄君。"

（四十五）

任昉，字彦昇。乐安人。为沈约所推重，有名于齐、梁间。尝作《文章缘起》，考秦、汉以来各种文体的起源，共八十五题，为文学史的一种。此书有明人陈懋仁注、清人方熊补注本。

（四十六）

萧统，梁武帝长子，称昭明太子。尝筑乐贤堂，召集四方文人，相与辑《文选》三十卷，流传后世，成为要籍。

（四十七）

钟嵘，字仲伟。颍川长社人。尝著《诗品》，取西汉至梁初诗人一百二十余人，评量高下，分为上、中、下三品，虽品评有不当处，然在当时实为一种创作。

（四十八）

刘勰，字彦和。东莞莒人。早孤而好学。家贫，不娶，寄居僧寺。博通经论。为昭明太子所赏。

勰撰《文心雕龙》五十篇，相当于今日的文学通论，为文学界一名著。勰作《文心雕龙》初成，未为时人所重。勰欲取定于沈约，然此时沈贵盛，无由自达，乃候沈约将出，勰负书如贩卖状，预待于行路旁，及约至，投书于车前。约试取读，大为赞赏，常陈于几案间。于是勰名大著。

勰久居僧寺，深通佛书，其时京师寺塔碑志，必请勰为文。

勰后出家于定林寺，名慧地。

（四十九）

陈之文学作者以徐陵为最著。徐陵外，阴铿、江总、顾野王、周弘让、张见正等人皆有名于一时。今不及遍述，只略叙数人如下。

（五十）

徐陵，字孝穆。东海郯人。精通佛书。陈后主尝令讲经，虽名僧不能过。陵目有青睛，时人以为聪慧之相。

陵诗又与北周庾信齐名，世称为“南徐北庾”。

陵尝选汉以来诗名《玉台新咏》，或作《玉台新咏集》。流传后世，极有名。

（五十一）

阴铿，字子坚。武威姑臧人。幼慧，五岁能诗。及长，有名于梁世。

阴铿诗极为杜甫所赏。杜诗云：“李侯有佳句，往往似阴铿。”李侯谓李白。又云：“颇学阴、何苦用心。”阴谓阴铿，何谓何逊。

（五十二）

陈后主姓陈，名叔宝。颇能文。然溺于声色，纵情歌舞，以宫人袁大捨等为“女学士”，每引宾客对张贵妃等游宴，使诸贵人及“女学士”与“狎客”共赋新诗，互相赠答，采其艳词丽句，谱为新声，使宫女歌唱以相娱乐，有《玉树后庭花》《临春乐》等曲。如云：“璧月夜夜满，琼树朝朝新。”论者以为亡国之音。

（五十三）

江总，字总持。济阳考城人。陈后主时官尚书令，不问政治，日日陪后主宴游后庭，与陈暄、孔范等十余人号为“狎客”。总虽能文，然论者谓为亡国文妖。按，历代文人和江总相似的尚多，不止江总一人，今述江总以例其余。

（五十四）

当时南北文学风气不同。《北史·文苑传》序云：“洛阳、江左，文雅尤盛，彼此好尚，互有异同。江左宫商发越，贵于清绮；河朔词义贞刚，重乎气质。气质则理胜其词，清绮则文过其意。理深者便于时用，文华者宜于咏歌。此其南北词人得失之大较也。”

北魏文学作者以温子昇、邢邵、魏收等人为最著。北齐则以颜之推为最著。北周以苏绰、王褒、庾信为最著。然除庾信外，其他诸人在全部文学史上实不占重要位置。颜之推家训二十篇虽甚有名，然是学术文，而非文学作品。故北朝文人可述的不多。

（五十五）

庾信，字子山。南阳新野人。庾肩吾子。梁元帝时出使北周，留长安，便仕于周，屡居要位。

庾信诗不及赋。《小园赋》《春赋》等尤有名。

（五十六）

北齐阳休之、阳俊之兄弟皆称能文。休之尝作六言歌词，淫荡而拙，流俗传诵，名为“阳五伴侣”，书贾抄录贩卖，盛行于一时。俊之在市上取得六言，改其中错字，书贩不识俊之，并不知阳五为何人，说道：“阳五古之贤人，作此伴侣，君何所知，哪敢轻易议论？”俊之大笑而去。其后自言家兄亦不知吾为才士。按，休之所作六言，当是后世“弹词”“唱本”之类。此事可见当日俗文学流传之情形，故特记于此。

（五十七）

隋之文学作者以薛道衡、虞世基、孙万寿、王胄等人为著名。隋炀帝及杨素亦能文。而以薛道衡为尤著。

薛道衡，字玄卿。河东汾阴人。历仕齐、周、隋，在隋时与杨素友善。

道衡有“空梁落燕泥”句。炀帝忌道衡才，后杀道衡，说：“他还能作‘空梁落燕泥’否？”

四、唐代文学作者的故事

（一）

王勃、杨炯、卢照邻、骆宾王称为“初唐四杰”。王勃，字子安。绛州人。年少能文，以作《滕王阁序》得名。骆宾王，义乌人。尝作檄讨武则天，事不成，后遁至杭州灵隐寺为僧。杨炯为文喜以古人姓名连用，当时称为“点鬼簿”。骆宾王为文喜以数目字对，当时称为“算博士”。

（二）

刘希夷，一名庭芝。汝州人。尝咏白头翁云：“今年花落颜色改，明年花开复谁在？”自觉不吉，乃改作云：“年年岁岁花相似，岁岁年年人不同。”改成，又自叹道：“还是不吉。然死生有命，与诗何关。”后不到一年，果被他人谋杀。

（三）

沈佺期，字云卿。内黄人。宋之问，字延清。汾州人。二人齐名，人称为“沈、宋”。

（四）

贺知章，字季真。越州人。官至集贤殿大学士。天宝初，上书乞还乡为道士。玄宗赐他《镜湖》一曲，并亲自作诗送行。为当时人所称道。

李白初到长安，尚未知名，首先访贺知章，知章读《蜀道难》未毕，便称白为“谪仙人”，把身上所佩的金龟解下来换酒，与李白畅饮。从此长安人无不知李白名。

（五）

宋璟，字广平。为玄宗时名相。未遇时，以《梅花赋》献苏味道，为味道所赏，自此知名。

（六）

张说字道济、苏颋字廷硕一时齐名，被称为“燕、许大手笔”。说对燕国公，颋对许国公，故云。唐朝春游之风甚盛，苏颋赋诗云："飞埃结红雾，游盖飘青云。"为玄宗所赏，以御花亲插其巾上。

（七）

陈子昂，字伯玉。射洪人。作诗始改变齐、梁绮靡风气。有《感遇诗三十八首》，尤著名。韩愈诗云："国朝盛文章，子昂始高蹈。"

陈子昂初到长安时，不为人所知。一日，遇一卖胡琴人，讨价千贯，一时豪贵人不识是何宝物，纷纷传看，子昂即出千贯买去。众人惊问子昂，子昂道："我善弹此琴。"众人云："可得闻否？"子昂便约于明日到宣阳里听琴。众人如期而往，子昂已备酒食款待。饮罢，捧琴对客道："蜀人陈子昂，有文百轴，驰走京毂，碌碌尘土，不为人知。此乐，贱工之役，岂宜留心。"言罢，把琴击碎，而将所作文遍赠诸客。一日之内，声名大著。

（八）

张九龄，字子寿。曲江人。玄宗时为相，为李林甫所忌，尝作燕诗给林甫，以自喻无争权之志。

张九龄、陈子昂同为唐代诗歌改革之先驱者。沈德潜云："唐初五言古渐趋于律，风格未遒，陈正字起衰而诗品始正，张曲江继续而诗品乃醇。"

（九）

孟浩然，襄阳人。性情高逸，淡于名利。与张九龄、王维为友。王维过郢州，画浩然像于刺史亭，名浩然亭，后人改题为孟亭。

浩然尝于秋夜与人同赋诗，浩然诗先成，合座皆搁笔不复作。浩然诗云："微云淡河汉，疏雨滴梧桐。"

浩然尝有诗云："不才明主弃，多病故人疏。"时王维官给事中，私约浩然入内廷，忽遇玄宗来，浩然避匿于林下。玄宗问知为浩然，云："我久闻此人名，而未见其人。"浩然乃出见。玄宗问所作诗，便诵此两句。玄宗道："你自弃我，我何曾弃你？"

（十）

王维，字摩诘。河东人。官至尚书右丞。性喜清洁。有别墅在辋川，其中有华子冈、竹里馆诸处。维一一有诗记其胜。

摩诘通音律，工绘画，诗亦有名。苏东坡云："味摩诘之诗，诗中有画；观摩诘之画，画中有诗。"

（十一）

王昌龄，字少伯。京兆长安人。高适，字达夫。渤海郡人。王之涣，晋阳人。三人同负诗名于一时。一日，饮于酒楼，见有歌女数人亦来，时歌女所唱多名人诗句，于是三人相约，谁诗被采最多则谁为胜。一人唱云："寒雨连江夜入吴，平明送客楚山孤。洛阳亲友如相问，一片冰心在玉壶。"为王昌龄诗。又一人唱云："开箧泪沾臆，见君前日书。夜台今寂寞，犹是子云居。"为高适诗。又一人唱云："奉帚平明秋殿开，且将团扇共徘徊。玉颜不及寒鸦色，犹带昭阳日影来。"又为王昌龄诗。后一最美者唱云："黄河远上白云间，一片孤城万仞山。羌笛何须怨杨柳，春风不度玉门关。"为王之涣诗。之涣大快。歌女此时细细询问，知非等闲酒客，乃当代诗人，便请相见，同席畅饮而散。

高适又与岑参并称为高、岑。又王维、孟浩然、高适、岑参并称为"四唐人"。

（十二）

李白，字太白。蜀人。任侠，嗜酒，又喜谈神仙。五六岁时，诵《六甲》。二十岁后出游湘、楚。至长安，为贺知章所赏识，称为"谪仙人"，从此名满京师。官翰林，供奉宫中。玄宗赏牡丹于沉香亭，召白赋诗，作《清平调》三首，饮酒沉醉，侮高力士，力士进谗于贵妃，乃为玄宗所疏远，赐金放归。从此浪迹江湖，落魄不得志。

天宝时安禄山之乱，郭子仪为平乱功臣。当子仪为小卒时，犯罪，为太白所救而免。及天宝之乱，永王璘也举兵起事，太白曾为璘谋划。事平后，太白连累入狱，定了死罪。此时郭子仪已贵，尽力保太白，乃免于死，而流放到夜郎。不久，又被赦回，乃浪游金陵、宣城一带，年六十二，卒于当涂。相传太白披宫锦袍，乘小舟，游采石江中，饮酒大醉，入水捉月而死。然此说不能确信。

魏颢于《李翰林集序》上写太白云："眸子炯然，哆如饿虎，或时束带，风流酝籍。曾受道箓于齐，有青绮冠帔一副。少任侠，手刃数人。与友自荆徂扬，路亡权窆，回棹方暑，亡友糜溃，白收其骨，江路而舟。"此数语写太白如见。

太白诗超忽不羁，正如其为人，世称为"仙才"。

太白于前代诗人最佩服谢朓。尝登华山落雁峰说："恨不携谢朓惊人诗来，搔首问青天耳。"又有诗云："解道澄江净如练，令人长忆谢玄晖。"

李白与杜甫为友，然二人诗绝对不同。李白尝有诗戏杜甫云："饭颗山头逢杜甫，头戴笠子日卓午。借问别来太瘦生，总为从前作诗苦。"意在讥讽杜甫诗的苦吟。

（十三）

杜甫，字子美，世称杜少陵。本襄阳人，徙居河南巩县[①]。中岁遇天宝之乱，流离困顿，从长安逃难到甘肃灵武，见肃宗，补左拾遗之职。不久，请假回家，于途中遇饥荒，几乎饿死。后来流落到四川，依故人严武。严武死后，四川大乱，又逃难到湖南。年五十九，卒于耒阳。总之，少陵一生无非是过的逃难的生活。当逃难时常常与家族分散。又有几个儿女因饥荒而饿死。

杜诗所写多是当时乱离状况。故后人称为“诗史”。如《无家别》《石壕吏》等篇，尤为著名。

少陵与太白为友，尝有诗怀太白云：“白也诗无敌，飘然思不群。清新庾开府，俊逸鲍参军。”又诗云：“世人皆欲杀，吾意独怜才。”可见他是何等的佩服太白。

杜诗在当时可说是集前人之所长。虽讲琢字炼句，而必归于自然，无斧凿痕。又气魄雄厚，胸襟阔大，非他人所能及。

（十四）

韦应物，京兆长安人。少年以三卫郎事元宗，豪纵不

① 今河南巩义市。

拘。晚年才折节读书。性情高洁，所居扫地焚香而坐。其诗闲淡简远，在王、孟后为一名家。五言诗尤佳。苏东坡云：“乐天长短三千首，却爱韦郎五字诗。”又宋人评王、韦二人诗云：“韦苏州诗，应物尝为苏州刺史，故称韦苏州。韵高而气清，王右丞诗王维官尚书右丞。格老而味长。虽称五言之宗匠，然互有得失，不无优劣。以标韵观之，右丞远不逮苏州，至其词不迫切而味甚长，虽苏州亦不可及也。”

（十五）

刘长卿，字文房。在大历时与韦应物同为名家。所谓“大历十才子”皆不能及。

当时人有言：“前有沈、宋、王、杜，后有钱、郎、刘、李。”文房道：“李嘉祐、郎士元何得与我并驱？”从此题诗不言姓，但称长卿。按，沈谓沈佺期，宋谓宋之问，王疑谓王绩，杜谓杜审言。钱谓钱起，郎谓郎士元，刘谓刘长卿，李谓李嘉祐。

（十六）

僧皎然，俗姓谢，名书。湖州人。能诗。颜真卿、韦应物相与唱和。皎然初见韦苏州，恐所作诗不合苏州所好，乃于舟中作古诗十余篇为贽。不尽为苏州所赏。皎然失望。明日，又写他旧作呈韦，则大加赞许。谓皎然道：“何不但以所工见投，而猥希老夫之意？人各有所得，非卒能致。”皎然叹服。

唐代诗僧以皎然、齐己为最有名。齐己时代比皎然为迟，已及五代。皎然著《诗式》，齐己著《风骚旨格》，一似作诗法，一似诗评，然皆无足取。

（十七）

张志和，金华人。居江湖，自称烟波钓徒。肃宗赐他一奴一婢，志和配为夫妇，号为渔童、樵青。

志和尝见颜真卿。真卿见他舟已漏，留他住，志和道：“愿为浮家泛宅，往来苕、霅间。”

志和有《渔父歌》若干首，其一云：“西塞山前白鹭飞，桃花流水鳜鱼肥。青箬笠，绿蓑衣，斜风细雨不须归。”此歌介乎诗、词之间，为诗、词变化的关键。

（十八）

比韦应物、刘长卿稍后，有卢纶、吉中孚等十人，称为“大历十才子”。虽负一时盛名，然在全部中国文学史上实不占重要位置。今只记十人姓名于此，以供参考。十人姓名也传闻不一，今采《新唐书·文艺传》之说，为卢纶、吉中孚、韩翃、钱起、司空曙、苗发、崔峒、耿湋、夏侯审、李端十人。

（十九）

韩翃，字君平。南阳人。初为侯希逸及李勉幕客。以“春城无处不飞花”一诗得名。后德宗命韩翃知制诰，同时别有一韩翃，姓名全同，宰相请是谁。德宗批“春城无处不飞花”一诗，又批云：“此韩翃。”时韩翃方闲居于家，有客夜半扣门通报，翃尚不信，以为误，待诵此诗，乃信。

韩翃有爱姬柳氏，当翃从侯希逸于青淄时，留姬于京中。数年，寄诗云：“章台柳，颜色青青今在否？纵使长条似旧垂，也应攀折他人手。”柳氏答诗云：“杨柳枝，芳菲节。可恨年年赠离别。一叶随风忽报秋，纵使君来岂堪折！”后果为番将沙吒利劫去。韩翃郁郁不乐。时有军校许俊，以侠义自负，闻知此事，代翃不平，便用计诈取柳氏，还于韩翃。按，此事出于唐人小说，不甚可信。《全唐诗话》亦称为“世传”云云。今以“章台柳”故事常为后世文人所引用，故叙述其大略如此。

（二十）

韩愈，字退之。河阳人。世称昌黎先生。官至吏部侍郎。愈少孤，好学，长而豪于为文。每言，文章自汉司马相如、太史公、刘向、刘雄后，作者不世出，故益深探本源，卓然树立，成一家言。

当时退之以所谓“古文”相号召，一时弟子甚多，如张籍、李翱、皇甫实皆出退之门下。

后人称退之“文起八代之衰”。八代，为东汉、魏、晋、宋、齐、梁、陈、隋。

退之“散文”在当时与柳子厚齐名，并称韩、柳。宋人李耆卿评：“韩文如海，柳文如泉。”清人魏禧评：“退之如崇山大海，孕育灵怪；子厚如幽岩怪壑，鸟叫猿啼。”譬喻得很适当。

退之诗后人尝举与杜甫相较，苏子由云：“唐人诗当推韩、杜。韩诗豪，杜诗雄。然杜诗之雄，可以兼韩诗之豪。”

刘叉为当时侠士，因杀人亡命，后遇赦复出，乃折节读书，能为诗歌。闻韩愈名，徒步往谒愈，作《冰柱》《雪车》二诗，人不能及。后以争论不能下人，乃取韩愈金去道：“此谀墓中人得耳，不若与刘君为寿。”

（二十一）

孟郊，字东野。武康人。年近五十始成进士。境遇贫苦，诗也蹇涩穷僻，皆苦吟而成。如云：“夜吟晓不休，苦吟鬼神愁。如何不自闲？心与身为仇。”又云：“食荠肠亦苦，强歌声无欢。出门即有碍，谁谓天地宽？”读此两诗，可想见他的生活、他的个性。

苏东坡评孟郊与贾岛诗，称为“郊寒，岛瘦”。元遗山评孟郊诗云：“东野穷愁死不休，高天厚地一诗囚。”

（二十二）

元稹，字微之。洛阳人。与白居易为友，同负诗名。所作多浅显明白，妇孺能解。时称为“元和体”。元诗传入宫中，宫人呼为“元才子”。

元稹尝行于街市，遇乡里小儿诵诗，所诵皆稹与白居易诗。稹问：“你识元稹、白居易否？”答道：“不识。”稹又问：“你所诵诗从何处得来？”答道：“先生教我如此读。”元稹笑而去。

元稹尝作小说《会真记》，叙张生与崔莺莺事，为“元曲”《西厢记》所本。或谓《会真记》为元稹自述，虽有此说，然不能确信。

（二十三）

白居易，字乐天，晚号香山居士。太原人。所作诗以善于刺讽时事著名。如《新乐府》《秦中吟》等，确是名作。今人或称为“社会诗人”。

乐天初到长安，以诗投顾况，顾况戏说：“长安物贵，居大不易。”及读到《赋得古原草送别》诗云：“野火烧不尽，春风吹又生。”又说：“有佳句如此，居亦何难！”

乐天作诗，每读给老妪听，问她“懂不懂”，如说“不懂”，便改，必等到她说“懂”才止。

乐天尝自巫峡沿流赴苏州，时秭归县繁知一闻得乐天将过巫山，先于神女祠粉壁上大书一诗曰：“忠州刺史今才子，行到巫山必有诗。为报高唐神女道，速排云雨候清词。”乐天见诗，邀知一与谈，而竟不复作诗。

（二十四）

李绅以所作诗呈吕温，温读到他的《悯农》，叹道：“此人后来必为卿相。”后果如所言。《悯农》诗云：“春种一粒粟，秋收万颗子。四海无闲田，农夫犹饿死。”又云：“锄禾日当午，汗滴禾下土。谁知盘中餐，粒粒皆辛苦。”或谓此诗为聂夷中作。

（二十五）

刘禹锡，字梦得。洛阳人。依附王叔文，与柳宗元同参看下文柳宗元条。在沅、湘时取民歌改作《竹枝词》，为当时一种创作。同时如顾况、白居易等人皆有和章，然不及梦得原作。因梦得为取材于民歌，而他人皆是文人拟作，故根本不能佳。

长庆时元微之、韦楚客、刘梦得同会于白乐天家，谈南朝兴废事，相约各赋《金陵怀古》诗。梦得诗先成。诗云："王濬楼船下益州，金陵王气黯然收。千寻铁锁沉江底，一片降幡出石头。人世几回伤往事，山形依旧枕寒流。今逢四海为家日，故垒萧萧芦荻秋。"乐天读罢，笑道："四人探骊龙，子先得珠，余鳞爪何用耶？"便不复作。

梦得尝于重阳日赋诗，将用一"糕"字，后以六经中无"糕"字，不敢用，便不作。宋祈有诗云："刘郎不敢题糕字，虚负诗家一代豪。"

（二十六）

贾岛，字浪仙。范阳人。初做和尚，名无本。后遇韩愈，教他为文，劝他还俗，举进士。岛因屡试不取，作病蝉吟以刺公卿，末二句云："黄雀并鸢鸟，俱怀害尔情。"或言岛与平曾等为十恶而被逐。后于大中末年为遂州长江簿，为东川守者所厚待。

当贾岛为和尚时，洛阳令不许和尚午后出寺。岛觉不便，作诗云："不如牛与羊，犹得日暮归。"韩愈劝岛还俗，赠岛诗云："孟郊死葬北邙山，日月星辰顿觉闲。天恐文章浑断绝，再生贾岛在人间。"

岛尝作诗云："鸟宿池边树，僧敲月下门。"又想改"敲"字为"推"字，沉吟不能决，于路上以手作推敲之势。适遇韩愈，因问愈何字好，愈道：“敲字佳。”

岛做和尚时，居法乾寺。一日，宣宗微行至寺，闻钟楼上有吟诗声，登楼，见贾岛案上诗，欲取观。岛不识为宣宗，急夺诗去，道：“郎君何会此？”

岛于岁暮集一岁所作诗，陈酒脯拜祭，说：“劳吾精神，以此补之。”

岛有《哭柏岩禅师》诗云：“写留行道影，焚却坐禅身。”时人讥为“烧杀活和尚”。

东坡评孟郊、贾岛、元稹、白居易四人云：“郊寒、岛瘦、元轻、白俗。”

（二十七）

李贺，字长吉。为唐宗室。七岁能诗。韩愈、皇甫湜过门相访，贺当面作《高轩过》一首，二人大惊。

李商隐作《李贺小传》云：“长吉细瘦，通眉，长指爪，能苦吟疾书。”

长吉每日骑驴出游，叫小仆负一锦囊相随，每得一句，便投置囊中。日暮归家，才把锦囊中零篇断句连缀成诗。

长吉年二十六而死。死时，见天上玉帝差赤衣人驾虬来迎，说天上新修白玉楼，请他去作记。

（二十八）

柳宗元，字子厚。河东人。顺宗时王叔文执政，宗元附叔文。宪宗时叔文败，宗元被贬至永州，又贬至柳州。永州、柳州地方山水风景极好，子厚在两处所作“游记”甚多，也最有名。

子厚谪居永州，所居处有冉溪，子厚改名为愚溪，又作《愚溪对》，托言愚溪之精与己问答，以写其郁郁无聊之概。

子厚“散文”与韩愈齐名，并称为“韩、柳”。诗与韦应物齐名，并称为“韦、柳”。

（二十九）

王建，字仲初。颍川人。尝作《宫词》百首，以此著名。《宫词》所言当时宫中实事，可补史传之缺。

建作《宫词》，传诵一时。太监王守澄与建同姓，建因饮酒戏谑，为守澄所恨，守澄云：“吾弟所作《宫词》，宫中事，何以能知道？”王建大惧，作诗调解，乃罢。诗云：“三朝行坐镇相随，今上春宫见小时。脱下御衣先赐著，进来龙马每教骑。长承密旨归家少，独奏边机出殿迟。自是姓同亲向说，九重争得外人知！”

（三十）

刘昭禹，字休明。诗不甚著名。尝与人论诗道："五言如四十个贤人，著一字如屠沽不得。觅句者，若掘得玉合子底，必有盖，但精心求之，必获其宝。"此言可见当时诗论之一斑。

（三十一）

朱庆餘尝受知于张籍，庆餘作《闺意》一篇献籍云："洞房昨夜停红烛，待晓堂前拜舅姑。妆罢低声问夫婿，画眉深浅入时无？"籍答云："越女新妆出镜心，自知明艳更沉吟。齐纨未足人间贵，一曲菱歌敌万金。"

（三十二）

项斯，字子迁。江东人。初未知名，乃以诗卷见杨敬之，敬之赠诗云："几度见君诗总好，及观标格过于诗。平生不解藏人善，到处逢人说项斯。"此诗传至长安，明年，项斯及第。至今"说项"二字已成为一个典故。

（三十三）

唐求，居蜀中味江山。为诗，捻稿为丸，纳于大瓢中，后患病，投瓢于江道："斯文苟不沈没，得者方知吾苦心尔。"流至新渠，有人认识，道"唐山人瓢也"，接得，才十分之二三。

（三十四）

杨衡，初隐居庐山。有人偷取他文而登第。衡入京遇偷文人，怒问道："'一一鹤声飞上天'在否？"偷文人道："此句知兄最惜，不敢偷。"衡笑道："犹可恕也。"

（三十五）

孟才人，武宗时宫人。武宗病笃时，才人于武宗前歌一声《河满子》①。气亟而殒。医者云："脉尚温而肠已绝。"张祐②作《宫词》云："故国三千里，深宫二十年。一声《河满子》，双泪落君前。"又云："自倚能歌曲，先皇掌上怜。新声何处唱，肠断李延年。"

（三十六）

温庭筠，本名岐，字飞卿。太原人。在唐末与李商隐齐名，称为"温、李"。二人诗皆以艳丽为工。飞卿尤浪漫。与贵胄裴诚等赌博、饮酒。毫无检束。

晚唐词初出见，传入宫中，宣宗爱唱《菩萨蛮》，丞相令狐绹假温庭筠所撰进呈，戒令勿泄。庭筠竟告知他人，由是为绹所疏远。其《菩萨蛮》词之一首云："玉纤弹处真珠

---

① 即《何满子》，唐教坊曲名。

② 即张祜，唐诗人。祜或误作祐。

落，流多暗湿铅华薄。春露浥朝华，秋波浸晚霞。风流心上物，本为风流出。看取薄情人，罗衣无此痕。”

（三十七）

李商隐，字义山。河内人。义山诗虽与飞卿并称，然亦略有分别。飞卿尽是绮罗脂粉之词，义山或感伤时事，别有寄托，比飞卿为可取。义山一派，沿至宋初，犹未尽改，宋忆、刘筠皆学义山，有《西昆酬唱集》，号“西昆体”。

（三十八）

崔郊，寓居汉上，有一婢女，端丽善音律，郊因贫乏，鬻婢于将帅，得钱四十一万，而日夜思念不置。一日，遇于道旁柳荫下，相向泣涕。郊赠诗云：“公子王孙逐后尘，绿珠垂泪滴罗巾。侯门一入深如海，从此萧郎是路人。”时有人忌郊者，故说此事于帅前。帅令左右传崔生，郊至，握郊手道：“‘侯门一入深如海，从此萧郎是路人。’便是公作耶？”便命婢与郊同归。

（三十九）

杜牧，字牧之。万年人。牧诗在晚唐极有名，后人称为小杜，系对于杜甫而言。

牧之天性浪漫，不拘细行，尝有《遣怀》诗云：“落魄江湖载酒行，楚腰纤细掌中轻。十年一觉扬州梦，赢得青楼薄倖名。”可见其生活之一斑。

牧之在湖州时，见一老妪携一小家女，时女方十余岁，杜牧与妪约定，隔十年再来娶她。后十四年，重到湖州，女已另嫁。牧责老妪。妪说：“与你约十年，十年已过，何能再待？”牧无言，作《怅诗》云：“自是寻春去校迟，不须惆怅怨芳时。狂风落尽深红色，绿叶成阴子满枝。”

（四十）

韦蟾，官鄂州，临去时，僚属饯别，蟾写《文选》句云：“悲莫悲兮生别离，登山临水送将归。”以纸笔与宾僚请续，无人敢应。时席上有一妓云：“某不才，不敢染翰，欲口占两句。”即念云：“武昌无限新栽柳，不见杨花扑面飞。”合坐大惊。韦蟾令唱作《杨柳枝词》。

（四十一）

刘鲁风投谒所知于江南，为知客者所阻，鲁风作诗云：“万卷书生刘鲁风，烟波万里谒文翁。无钱乞与韩知客，名纸毛生不肯通。”此事可见当时风气。《全唐诗话》谓“自贞元后，唐文甚振，以文学科第为一时之荣。及其弊也，士子豪气骂吻，游诸侯门，诸侯望而畏之”云云。

（四十二）

皮日休，字袭美。襄阳人。在晚唐与陆龟蒙齐名。然诗多浅薄，殊无足取，间又杂以游戏之作。皮日休尝赋“龟”嘲归氏子云：“硬骨残形知几秋，尸骸终是不风流。顽皮死后钻须遍，都为平生不出头。”归氏子也赋“皮”嘲日休云：“八片尖斜砌作球，火中燖了水中揉。一团闲气如常在，惹踢招拳卒未休。”此类诗真无聊已极。

（四十三）

陆龟蒙，字鲁望，号江湖散人。苏州人。皮、陆唱和诗中有所谓“吴体”，大约即“拗体七律”，如陆龟蒙诗云：“清涧无波鹿无魄，白云有根虬有须。”唐诗至此已衰到极点。

郑綮，唐末人，或问綮：“相国近为新诗否？”綮道：“诗思在灞桥风雪中驴子背上，此何以得之？”

（四十四）

罗隐，字昭谏。余杭人。隐居池州梅根浦，自号江东生。为唐相郑畋、李蔚所赏识。畋女喜读隐诗，畋疑女有慕才意。隐貌丑陋。一日，女隔帘窥见隐，从此不读隐诗。

罗隐旧识一妓女，名云英。一日相见，云英讥隐未及第，隐赠诗云：“钟陵醉别十余春，重见云英掌上身。我未成名君未嫁，可能俱是不如人！”

（四十五）

周朴，唐末诗人。寄居于闽中僧寺，与僧同食。性喜作诗，每遇景物，必深思苦吟，得一联一句，便欣然自快。

朴一日行于郊外，遇一樵夫，即将他捉住，大声云："我得之矣。"樵夫大惊，弃薪欲遁，适为巡卒所见，疑樵夫为贼。朴告卒道："适见负薪，因得句耳。"卒笑而罢。朴诗云："子孙何处闲为客，松柏被人伐作薪。"

时有闽人知朴性情如此有意戏他。一日，骑驴于路上，遇朴在旁，闽人吟朴诗云："禹力不到处，河声流向东。"朴闻此诗，追随闽人后，但驴行甚快，行数里才被他追到。朴告闽人道："仆诗'河声流向西'，何得言流向东？"闽人笑而点首。

黄巢至福州，访得朴，问朴道："能从我乎？"朴答道："我尚不仕天子，安能从贼！"巢怒而杀朴。

（四十六）

和凝，字成绩。郓州人。梁末举进士，历仕唐、晋、汉、周，官至太子太傅。凝少时喜作"曲子词"，乃后为宰相，恐被人议其轻薄，专托人收集焚毁。今所作传《香奁集》，普通认为韩偓作，然《全唐诗话》谓是和凝少年时作，后和既贵，乃嫁名于韩偓。按，和凝所著《演纶》《游艺》《孝悌》《疑狱》《籝金》《香奁》六集，中有《香奁》之名。或请韩偓《香奁集》别自一书，两不相涉。或谓嫁名韩偓，是欲避当世议论，而同时又自认有此集，是欲留后世之名。凝自作《游艺集序》云："余有《香奁籝金集》，不行于世。"或又谓今所传韩偓《香奁集》中误杂和凝之作。三说不知谁是。

总之，和凝喜作小词，自是当时风气。当时契丹人至中国，号凝为"曲子相公"。

五代时已有雕版术，但未通行，和凝自刻所著各集，为后世自刻诗文集之始。

（四十七）

南唐中主李璟，善作词，醉心歌舞，天天宴会。令伶人杨花飞唱"水调词"，花飞只唱"南朝天子爱风流"一句，连唱多遍。中主大悟，赏赐杨花飞许多金帛，且说："倘使孙、陈二主得闻此语，当不致受亡国之辱了。"

（四十八）

冯延巳，字正中。广陵人。南唐左仆射同平章事。善于作词。有句云："风乍起，吹皱一池春水。"中主戏问延巳云："吹皱一池春水，干卿何事？"延巳云："不如陛下'小楼吹彻玉笙寒。'"

（四十九）

南唐后主，名煜，中主子。词尤著名。于宋开宝八年国亡，降宋。所作多含思凄婉，依恋故园。如《相见欢》云："无言独上西楼，月如钩。寂寞梧桐深院锁清秋。剪不断，理还乱，是离愁。别是一般滋味在心头。"又《浪淘沙》云："帘外雨潺潺，春意阑珊。罗衾不耐五更寒。梦里不知身是客，一晌贪欢。独自莫凭栏，无限江山，别时容易见时难。流水落花春去也，天上人间。"

后主降宋后，与金陵旧宫人书云："此中日夕，只以眼泪洗面。"

（五十）

词中之"小令"，为唐末五代特别产物，五代时词以蜀与南唐为最盛，南唐二主尤为知名。蜀有韦庄、欧阳炯、毛文锡、孙光宪等多人，皆一时作者。

（五十一）

南唐有一诗僧，尝作《中秋月》诗，得一句云："此夜一轮满。"只此一句。苦不能续。至明年，始得续云："清光何处无。"大喜，时方夜半，急起撞钟。一城人大惊。僧既被执，李后主问知其故，笑而释之。

（五十二）

僧贯休，俗姓姜氏，字德隐。婺州兰溪人。以诗投吴越王钱镠云："满堂花醉三千客，一剑霜寒十四州。"镠传言云："须改'十四州'为'四十州'，乃可相见。"贯休道："州亦难添，诗亦难改。然闲云野鹤，何天而不可飞。"便去吴越而入蜀，以诗投王建云："河北、河南处处灾，惟闻全蜀少尘埃。一瓶一钵垂垂老，千水千山得得来。秦苑幽栖多胜景，巴歈陈贡愧非才。自惭林薮龙钟者，亦得亲登郭隗台。"王建待遇他甚厚。后又以赋诗为贵倖所怨恨。

（五十三）

蜀花蕊夫人费氏，尝作《宫词》百首。蜀亡，入宋宫中，宋太祖召见，问其亡国情形，夫人作诗答云："君王城上竖降旗，妾在深宫那得知。十四万人齐解甲，更无一个是男儿。"

第十二章

文学作者的故事（下）

五、宋代文学作者的故事

（一）

宋初诗人在欧阳修以前，以九僧及林逋、苏舜钦、梅尧臣等人为著。除九僧已见前第七章而外，今略述诸人故事如下。

（二）

林逋，字君复。钱塘人。隐居西湖边孤山，二十年不入城市。自谓以梅为妻、以鹤为子。所作梅花诗甚多。以“疏影横斜水清浅，暗香浮动月黄昏”“雪后园林才半树，水边篱落忽横枝”为尤佳。

（三）

苏舜钦，字子美。梓州人。诗与梅圣俞齐名。欧阳修诗话云：“圣俞、子美齐名于一时，而二家诗体特异。子美笔力豪隽，以超迈横绝为奇；圣俞覃思精微，以深远闲淡为意。各极其长，善论者不能优劣也。”

（四）

梅尧臣，字圣俞。宣城人。与欧阳修为诗友。晚年预修

《唐书》，书方成而即卒。

圣俞为河南县主簿时，以所作诗文呈上官王曙，王曙谓其诗“有晋、宋遗风，自杜子美殁后二百余年不见此作”。

欧阳修谓“读圣俞诗如食橄榄，久而真味愈在”。

《苕溪渔隐丛话》云：“圣俞诗工于平淡，自成一家。如《东溪》云：‘野凫眠岸有闲意，老树著花无丑枝。’《鲁山山行》云：‘人家在何许，云外一声鸡。’此等句须细味之方见其用意。”

圣俞每日作诗一首，寒暑不改。时时吟哦，偶有所得，便背人写一小纸，藏入袋中，或一句，或一字，预备他日应用。如“作诗无古今，唯造平淡难”，是袋中语。

（五）

欧阳修，字永叔。卢陵人。与苏子美、梅尧臣游。诗文能矫唐宋五代颓唐之弊，又居高位，易于提倡。三苏及曾巩皆出其门下。著《新唐书》《新五代史》，卓然为宋初文坛领袖。

永叔少时得韩愈遗稿于废书簏中，苦心探讨，文思日进。

欧阳修晚年自号六一居士。人问他：“‘六一’，何谓也？”他说：“吾家藏书一万卷，集录三代以来金石遗文一千卷，有琴一张，有棋一局，而常置酒一壶。”人云：“是为五一尔，奈何？”欧阳修云：“以吾一翁，老于此五物之间，是岂不为‘六一’乎？”

（六）

宋初名臣及著名学者，多喜作小词。如宋祈、欧阳修等都是，司马光也如此。如赵德麟《侯鲭录》云：“司马文正公言行俱高，然亦每有谑语……又有长短句云：‘宝髻匆匆梳就，铅华淡淡妆成。青烟紫雾罩轻盈，飞絮游丝无定。相见争如不见，有情何似无情。笙歌散后酒初醒，深院月斜人静。’”

（七）

柳永，初名三变，字耆卿。崇安人。为举子时，好冶游，善为歌词。教坊乐工每得新腔，必求永填词，然后歌唱。

柳词传诵甚广。当时有言“凡有井水饮处，即能歌柳词”云。

永初名三变，所作词流入宫中，为仁宗所爱唱，永于是作宫词，号《醉蓬莱》，私求太监传入后宫，为仁宗所知，从此不唱他的词。适逢改京官，乃以无行被黜。三变后改名为永，官至屯田员外郎。

三变被黜后，穷困无聊。时晏殊当国，三变谒殊，殊问道："贤俊作曲子么？"三变道："只如相公，亦作曲子。"殊道："殊虽作曲子，不曾道'彩线慵拈伴伊坐'。"柳无言而退。

（八）

张先，字子野。乌程人。尝有诗云"浮萍断处见山影"，又有词云"云破月来花弄影"，又云"隔墙送过秋千影"，当时人称为"张三影"。按，"三影"尚有他说，今据《诗人玉屑》引《高斋诗话》。

张先又称为"张三中"。因他有词云："心中事，眼中泪，意中人。"

（九）

王安石，字介甫，号半山。临川人。神宗时为相，行新法，为时人所反对。性执固，当时称为"拗相公"。

王安石尝在欧阳修座上与众客题虎图，众人诗皆未就，安石已先成，众人搁笔不敢复作。

王安石诗云："黄昏风雨打园林，残菊飘零满地金。"欧阳修读罢，笑道："百花尽落，独菊枝上枯耳。"戏作诗云："秋花不比春花落，为报诗人仔细看。"王安石道："岂不知《楚辞》'夕餐秋菊之落英'，欧阳修不学之过也。”

（十）

曾巩，字子固。南丰人。善作“散文”，而不能作诗。少时与王安石为友。安石初未知名，曾巩介绍安石见欧阳修，于是声名渐振。

神宗问曾巩：“王安石何如人？”曾巩对云：“文章……不减扬雄，以吝故不及。”神宗道：“安石轻富贵，何谓吝？”曾巩道：“勇于有为，吝于改过。”

（十一）

苏轼，字子瞻，号东坡居士。眉州眉山人。父名洵，字明允，号老泉。弟名辙，字子由，号颍滨。父子三人皆能文，后人称为“三苏”。东坡于“散文”而外，兼工诗词。年二十二，与弟辙同举进士，为神宗所赏识。神宗时，王安石行新法。东坡和他政见不合，东坡曾上万言书，但终不见用，屡遭贬谪，贬谪到黄州，贬谪到惠州，晚年从岭外归（惠州及琼州）。卒于常州。年六十四岁。

东坡幼时，他母亲程夫人教他读《后汉书》至《范滂传》，东坡问母云：“若我为范滂，母能许我否？”程夫人云：“若你能为范滂，我何不能为范滂母！”按，范滂，东汉时人，讲气节，因党祸而被杀。临刑，与母别云：“请母亲割断慈恩，不要忧戚。”滂母云：“你今一死，留名万古，有何遗恨。如既要美名，又要长寿，哪有此事！”

东坡因反对王安石新政而入狱，在狱中自料不必死，乃作诗二首寄子由，故意交与狱卒，希望他转达神宗。狱卒得诗，上神宗，神宗果大感动，便从宽解决，贬至黄州了事。诗云：“柏台霜气夜凄凄，风动琅珰月向低。梦绕云山心似鹿，魂飞汤火命如鸡。眼中犀角真吾子，身后牛衣愧老妻。百岁神游定何处，桐乡知葬浙江西。”又云：“圣主如天万物春，小臣愚暗自亡身。百年未满先偿债，十口无归更累人。是处青山可埋骨，他年夜雨独伤神。与君世世为兄弟，又结来生未了因。”

东坡在颍州时，正月某夜，庭前梅花盛开，月色明朗，东坡妻王夫人说：“春月胜于秋月，秋月令人惨凄，春月令人和悦。可召赵德麟辈来，饮此花下。”东坡大喜道：“这话真有诗意。”便本此意作《减字木兰花》词云：“春庭月午，摇荡香醪光欲舞。步转回廊，半落梅花婉娩香。轻云薄雾，总是少年行乐处。不似秋光，只与离人照断肠。”

惠诠，是北宋时西湖上诗僧。尝题一山寺壁云：“落日寒蝉鸣，独归林下寺。柴扉夜未掩，片月随行履。惟闻犬吠声，更入青萝去。”东坡一见，便称赞不已，和他韵云：

“但闻烟外钟，不见烟中寺。幽人行未已，草露湿芒屦。惟应山头月，夜夜照来去。”

东坡尝称他儿子苏迈诗云：“儿子迈，幼时尝作《林檎》诗，云：‘熟颗无风时自脱，半腮迎日斗先红。’于等辈中，亦号有思致者。”

东坡作《病鹤诗》，写六字云：“三尺长胫瘦躯”，中阙一字，叫人填补。人家填过几字，都不好，东坡出诗稿，乃是一“搁”字。

东坡尝说：“善画者画意不画形，善诗者道意不道名。”又有诗云：“论画以形似，见与儿童邻。赋诗必此诗，定非知诗人。”

东坡有《蝶恋花》词云：“花褪残红青杏小，燕子飞时，绿水人家绕。枝上柳绵吹又少，天涯何处无芳草。墙里秋千墙外道，墙外行人，墙里佳人笑。笑渐不闻声渐悄，多情却被无情恼。”在惠州时，命歌姬朝云歌此词，每唱到“枝上柳绵”一句，便掩抑惆怅，如不自胜。东坡问她为什么如此，朝云道：“我所不能唱完的，就是‘天涯何处无芳草’一句。”朝云姓王氏，本杭州妓，东坡守杭州时，娶她为妾，东坡谪惠州，家人分散，独朝云随东坡去。后死于惠州，葬栖禅寺。

（十二）

黄庭坚，字鲁直，号山谷。分宁人。诗为“江西诗派”之祖。虽作词，但不甚著名。晁无咎评其词云：“鲁直间作小词，固高妙，然不是当行家语，乃著腔子唱好诗。”

山谷七岁作《牧童》诗云：“骑牛远远过前村，吹笛风斜隔陇闻。多少长安名利客，机关用尽不如君。”八岁作诗《送人赴举》云：“青衫乌帽芦花鞭，送君归去明主前。若问旧时黄庭坚，谪在人间今八年。”

洪驹父为黄庭坚的外甥，庭坚问他外甥：“爱老舅诗中哪几句？”驹父道：“蜜房各自开牖户，蚁穴或梦封侯王。”“黄流不解涴明月，碧树为我生凉秋。”

东坡、山谷在当时齐名，然二人彼此相讥诮。东坡云：“黄鲁直诗文如蝤蛑、江瑶柱，格韵高绝，盘餐尽废。然不可多食，多食发风动气。”山谷也说：“盖有文章妙一世，而诗句不逮古人者。”意指东坡。

山谷咏“茶”限“肠”字韵云：“曲几团蒲听煮汤，煎成车声绕羊肠。”东坡云：“黄九怎得不穷。”

山谷尝与东坡同改张志和《渔父词》，反复不已。按，唐末张志和有《渔父词》云：“西塞山前白鹭飞，桃花流水鳜鱼肥。青箬笠，绿蓑衣，斜风细雨不须归。”顾况也有

《渔父词》云："新妇矶边月明，女儿浦口潮平。沙头鹭宿鱼惊。"东坡道，元真（即张志和）语极丽，恨其曲度不传，加数语成《浣溪沙》云："西塞山边白鹭飞，散花洲外片帆微，桃花流水鳜鱼肥。自庇一身青箬笠，相随到处绿蓑衣，斜风细雨不须归。"山谷读罢，说道："惜乎'散花'与'桃花'字重叠。又渔舟少有使帆者。"乃合张、顾二词为《浣溪沙》云："新妇矶边眉黛愁，女儿浦口眼波秋，惊鱼错认月沉钩。青箬笠前无限事，绿蓑衣底一时休，斜风细雨转船头。"东坡跋云："鲁直此词清新婉丽，问其最得意处，以山光水色，替却玉肌花貌，真得渔父家风也。然才出新妇矶，便入女儿浦，此渔父无乃太澜浪乎。"

（十三）

秦观，字少游，一字太虚，号淮海居士。高邮人。登第后，受知于东坡，为"苏门四君子"之一。以能词著。晁无咎评少游词云："近来作者皆不及少游。如'斜阳外，寒鸦数点，流水绕孤村'，虽不识字人亦知是天生好言语。"

少游以"斜阳外，寒鸦数点"一词得名。此词起句云："山抹微云，天连衰草"，一时传遍于歌妓之口。少游的女婿范温，一天赴某贵人会，贵人的侍儿喜唱少游词，席上初不顾温，酒酣，乃问："此郎何人耶？"范起对云："某乃

‘山抹微云’女婿也。”

少游有妾姓边，名朝华。初娶时作诗云：“天风吹月入栏干，乌鹊无声子夜阑。织女明星来枕上，了知身不在人间。”时朝华十九岁。后三年，少游欲修道，遣朝华归母家改嫁，朝华不愿，去而复来。第二年，少游修道之志愈坚，对朝华说：“你不去，我不得修真。”终把她送归母家，少游也学道去。

（十四）

赵德麟妻王氏未嫁赵时，有诗云：“白藕作花风已秋，不堪残睡更回头。晚云带雨归飞急，去作西窗一夜愁。”此时德麟鳏居，见此诗，便娶以为妻。时人称为二十八字媒。

（十五）

潘大临，黄州人。有答谢无逸书云：“秋来景物，件件是佳句。昨日闲卧，闻搅林风雨声，欣然起，题壁曰：‘满城风雨近重阳。’忽催租人至，遂败意，止此一句奉寄。”

（十六）

谢逸，字无逸。临川人。尝作咏蝴蝶诗三百首，时人称为“谢蝴蝶”。

无逸尝于黄州杏花村馆壁上题《江神子》词，凡过客必向馆役借笔抄录，馆役厌烦，乃取泥把词涂去。词云：“杏花村馆酒旗风，水溶溶，扬残红。野渡舟横，杨柳绿阴浓。望断江南山色远，人不见，草连空。夕阳楼外晚烟笼，粉香融，淡眉峰。记得年时，相见画屏中。只有关山今夜月，千里外，素光同。”

（十七）

贺铸，字方回。本山阴人，迁居姑苏醋方桥。尝游定力寺，访僧不遇，题一诗于壁云：“破冰泉脉漱篱根，坏衲遥疑挂树猿。蜡屐旧痕寻不见，东风先为我开门。”王荆公极爱他这诗，因此声名大著。

方回以词著称，与秦观齐名。有句云：“若问闲情都几许？一川烟草，满城风絮，梅子黄时雨。”时人称为“贺梅子。”

陆游《老学庵笔记》云：“方回状貌奇丑，色青黑而有英气。俗谓之‘贺鬼头’。喜校书，朱黄未尝去手。诗文皆高，不独攻长短句也。”

（十八）

周邦彦，字美成，号清真居士。钱塘人。精通乐律。崇宁时徽宗立“大晟乐府”，命美成为“大晟乐正”，与诸人讨论古音，审定古调。所作词负一代盛名。

是时，汴京有名妓叫李师师，徽宗常私至其家。一天，周美成在师师家，徽宗忽来，美成匆匆躲避床下。徽宗带一橙子来，与师师剥食。美成作词纪事，首三句云："并刀如水，吴盐胜雪，纤手破新橙。"后师师在徽宗前唱此词，徽宗问为何人作？答云："周邦彦。"徽宗称善，便召为"乐正"。

（十九）

李清照，号易安居士。李格非女，赵明诚妻。夫妇唱和，伉俪甚笃。结婚不久，明诚负笈远游，清照以锦帕写《一剪梅》词送明诚，后半阕云："花自飘零水自流，一种相思，两处闲愁。此情无计可消除，才下眉头，却上心头。"

易安尝作《重九醉花阴》词寄明诚，明诚自愧不如，乃费三日三夜之力，作十五首，把易安词杂置十五首中，给他朋友陆德夫看，德夫说道："只有'莫道不销魂，帘卷西风，人比黄花瘦'三句最好。"正为易安所作。

易安生当北宋末年，值金人南侵之祸，流离迁徙，痛苦备尝。或说她后来改嫁张汝舟，但今人已辨明此说不确。

（二十）

辛弃疾，字幼安，号稼轩。历城人。高宗时官浙东安抚使。抱济世之才，而不得尽展其用，一腔忠愤，无处发泄，于是悲歌慷慨，尽寄之于词。《四库全书提要》评他的词云："弃疾词慷慨纵横，有不可一世之概；于倚声家为变调。而异军特起，能于剪翠刻红之外，屹然别立一宗，迄今不废。"其实，这一半是他个性的关系，一半也是时代和个人环境的关系。这种变调绝不是凭空而来的。

（二十一）

姜夔，字尧章，号白石道人。鄱阳人。寓居武康。白石诗格高尚，词亦精深，尤能自制新腔。与范石湖范成大友善，石湖评他的词云："白石词有裁云缝月之妙手，敲金戛玉之奇声。"

石湖家有歌姬名小红，尧章访石湖，石湖命尧章制曲，制《暗香疏影》两词，付小红歌唱。后来尧章归吴兴，石湖把小红赠他。那夜大雪，乘船过垂虹桥，尧章作诗云："自作新词韵最娇，小红低唱我吹箫。曲终过尽松陵路，回首烟波十四桥。"

（二十二）

陆游，字务观，号放翁。山阴人。范成大为蜀帅，游为参议官，居蜀中甚久。与范为文字交，不拘礼节。晚归山阴，年八十五岁而卒。

放翁祖父名陆佃，字农师，官至尚书左丞。父名宰，字元钧，官职未详。那时金人南侵，秦桧主张议和，为一般士大夫所反对，他们常往来于陆家，与元钧抵掌剧谈，毫无顾忌。时放翁尚为童子，已听惯此语，观其后来所追记，可想见当时情形的一斑。如《跋李庄简公家书》，有云："李丈参政罢政归乡里时，某年二十矣。时时来访先君，剧谈终日……'闻赵相过岭，悲忧出涕。仆不然，谪命下，青鞋布袜行矣，岂能作女儿态耶！'方言此时，目如炬，声如钟，其英伟刚毅之气使人兴起。"

放翁初娶唐氏女，是他母亲的内侄女，但不为母亲所容，强迫离了婚。唐夫人别嫁赵士程，放翁已别娶。一日，彼此相遇于沈园，放翁作《钗头凤》词题壁上。后来放翁每至沈园，不能忘情旧事。有二绝句云："梦断香消四十年，沈园柳老不吹绵。此身行作稽山土，犹吊遗踪一泫然。"又云："城上斜阳画角哀，沈园非复旧池台。伤心桥下春波绿，曾是惊鸿照影来。"

（二十三）

范成大，字致能，号石湖。吴县人。曾使金国，官至资政殿大学士。作诗初学唐人，后能脱离古人面目，自成一家。在南宋与陆游、杨万里齐名。

（二十四）

刘过，字改之，号龙洲道人。庐陵人。善作词，流落江湖间，酒酣耳热，出言豪纵，自谓晋、宋间人。

辛稼轩为淮帅时，刘改之客稼轩所，因母病将归，苦无川费，稼轩为划一策：那夜同改之微服至一娼家，适遇一都吏在那里命乐饮酒，见二人至，命左右驱逐。他们二人大笑而归，便以为有机密文书唤某都吏。都吏不能到，稼轩大怒，欲治其罪。都吏以五千缗托稼轩母调解。稼轩嫌其少，加至一万。稼轩乃代改之雇船，将都吏所送万缗尽付改之，说："可以去了，不要浪用。"改之有《念奴娇》词记此事。

（二十五）

史祖达，字邦卿，号梅溪。汴人。以咏春雪词为姜尧章所赏。

（二十六）

吴文英，字君特，号梦窗。四明人。《四库全书提要》以词中吴梦窗比诗中李义山。

（二十七）

张炎，字叔夏，号玉田，又号乐笑翁。临安人。生于宋理宗淳祐八年。当南宋亡时，年三十三。所作词多家国兴亡身世盛衰之感。尝与宋遗民周密、仇远等相唱和于浮翠山房，赋白莲调《水龙吟》，于紫云山房赋莼调《摸鱼儿》，于余闲书院赋蝉调《齐天乐》，这可想见他们亡国遗民无聊的消遣。

（二十八）

朱淑真，海宁女子，自号幽栖居士。所适非偶，郁郁不自得而死。

李清照有《漱玉词》，朱淑真有《断肠词》，至今并传。

（二十九）

郑思肖，字忆翁，号所南。连江人。宋亡后，客吴下，寄居城南报国寺以终。著有《铁函心史》等书。又作《一是居士传》以寄意。有“一是者何？万古不易之理也”云云。意谓此理不亡，即国不亡。故又谓“一是居士，大宋人也。生于宋，长于宋，死于宋……大宋，粹然一天也，不以有疆土而存，不以无疆土而亡”云云。

《一是居士传》又自述作诗云：“癖于诗，不肯与人唱和，懒则数岁不作，一兴动，达旦不寐，作讽咏声，多激烈意，诗成章，数高歌，辄泪下。”

思肖善画兰。宋亡后，画兰多根悬空中，不着土石，意谓“赵家已无寸土，无处生根”。

（三十）

谢翱，字皋羽。福建长溪人。宋末，文天祥领兵抗元，皋羽参与军事。宋亡，天祥被元兵所执，不屈而死；皋羽只身至浙东，于子陵钓台设天祥位，号哭，作“楚歌”以招魂，以竹如意击石。歌云：“魂朝往兮何极？暮归来兮关塞黑，化为朱鸟兮有咮焉食！”歌罢，竹石皆碎。详见其所作《西台恸哭记》。至今谢皋羽西台与严子陵钓台对峙于桐江两岸。

皋羽有《晞发集》，效孟郊体云：“闲庭生柏影，荇藻交行路。忽忽如有人，起视不见处。牵牛秋正中，海白夜疑曙。野风吹空巢，波涛在孤树。”音节凄苦，可为宋遗民诗之代表。

（三十一）

汪元量，字大有，号水云。钱塘人。以弹琴事谢太后、王昭仪。宋亡，宋宫人被元兵挟以北行。水云同往。后为道士，乃得南还，往来匡庐、彭泽间，不知所终。当南还时，自王昭仪、惠清以下二十九人赋诗相赠，以“劝君更尽一杯酒，西出阳关无故人”为韵。林顺德云：“归舟夜泊西兴渡，坐看潮来又潮去。江草江花春复春，山青水绿元如故。”袁正淑诗云：“抱琴归去海东滨，莫逐成连觅子春。十里西湖明月在，孤山寻访种梅人。”

水云诗多记亡国北徙事。有《湖州歌》九十八首、《越州歌》二十首，可作当时亡国痛史读。又酬王昭仪云：“愁到浓时酒自斟，挑灯看剑泪痕深。黄金台愧少知己，碧玉调将空好音。万叶秋风孤馆梦，一灯夜雨故乡心。庭前昨夜梧桐语，劲气萧萧入短襟。”

六、辽金元文学作者的故事

（一）

金、元文学以杂剧、小说为代表，然而作杂剧小说的作者，事迹大半无可考，讲文学史者引为恨事。故此节所述于杂剧、小说作者极略，而于诗歌、“散文”作者比较的稍为详细。

（二）

董解元，金人。作《西厢》，即《董西厢》，又称《董解元西厢》。或云："解元"二字，非明、清科举时代所谓"解元"，"解元"乃当时通行语，大约与"书生"相似。

（三）

关汉卿，号已斋叟。大都人。金末官太医院尹，金亡，不仕。好谈鬼怪，著有《鬼董》。所作杂剧最多，共六十三种。

（四）

马致远，字东篱。大都人。江浙行省务官。为杂剧名家。

（五）

郑光祖，字德辉。平阳襄陵人。官杭州路吏。为杂剧名家。

（六）

白朴，字仁甫，又字太素，号兰谷。隩州人。后寓金陵。父遭远谪，为元遗山所挈养，遗山许为后起之秀。

关、马、郑、白为金、元杂剧四大作家。

（七）

王实甫，名无可考。大都人。生金、元间，以《西厢记》著名。

（八）

乔吉，字梦符，号笙鹤翁，又号惺惺道人。太原人。美容仪，能词章。居杭州太乙宫前。善为“散曲”，有《题西湖梧叶儿》百篇。

（九）

张可久，字伯远，号小山。庆元人。以路吏转首领官。善作“散曲”。有《北曲联乐府》《吴盐》《苏堤渔唱》《小山小令》等若干卷。

（十）

罗本，又作罗道本，又作罗贯中。《三国演义》旧有传本，经他增修乃愈佳。

（十一）

施耐庵，事迹无可考。今所传《水浒传》，大抵原有蓝本，而为施所增修。近人所作《施耐庵世系考》，其言不甚可信。

（十二）

辽、金诗歌、“散文”作者，已略见第八章第一节。除耶律氏、萧氏、完颜氏而外，其他皆为汉人，而以赵秉文、元好问等人为尤著。今略述如下。

（十三）

宇文虚中，字叔通。成都人。宋黄门侍郎，以出使留金，官翰林学士。以能文著称。

（十四）

赵秉文，字周臣，号闲闲老人。滏阳人。金礼部尚书。五言诗有晋人风格。书法绝佳，为当时人所不及。

（十五）

王若虚，字从之。藁城人。金翰林。以能文著称。

（十六）

元好问，字裕之，号遗山。太原人。仕金，官至尚书省左司员外郎。金亡后，不仕于元。建野史亭于家，以采访金文献为己任。所著《壬辰杂编》等书，后来修《金史》，多取材于此。又辑《中州集》十卷、《中州乐府》一卷，为金文学作品的总汇。

元遗山有妹，为女道士，美而能文。有某贵人欲娶她，先问遗山，遗山云："当由妹自决。"某往访遗山妹，适遇在补天花板，相见后，某问："近日新作何诗？"遗山妹随口答云："补天手段暂施张，不许纤尘落画堂。寄语新来双燕子，移巢别处觅雕梁。"此诗双关两意。某贵人无言而退。

（十七）

耶律楚材，字晋卿，号湛然居士。本辽后裔，仕元，为中书令。以能诗著称。有《湛然居士集》。楚材子耶律铸，字成仲，有《双溪醉隐集》，赵著序谓为“生长北溟，十三作歌诗，下笔便入唐人之阃奥”云云。有《高城曲》，为十二岁时作。曲云：“城高三百尺，枉教人费力。贼不从外来，当察城中贼。”《水平桥》，十八九岁时作。诗云：“洞箫吹罢思无聊，却下闲庭弄柳条。寂寂小园春昼永，一声啼鸟水平桥。”

（十八）

刘因，字梦吉。保定容城人。号静修。元初隐居不仕。有题《宋理宗南楼风月横披》诗二首，其一云：“物理兴衰不可常，每从气韵见文章。谁知万古中天月，只办南楼一夜凉。”按，宋太祖有《咏月诗》云：“才到中天万国明。”又，理宗尝书“风月南楼”横披并有诗云：“并在南楼一夜凉。”故静修如此云云。这可见文学与国运的关系。

（十九）

聂碧窗，江西人。京口天庆观道士。有《哀被掳妇》诗，是悲汉女被胡人掳去者。诗云：“当年结发在深闺，岂料人生有别离。到底不知因色误，马前犹自买胭脂。”

（二十）

吾丘衍，字子行，号竹房，又号竹素、贞白。钱塘人。隐居教书为生。自居楼上，学童坐楼下，有客来，由学童通报，不得允许，不能上楼。一日，廉访使徐琰闻衍名，亲自往访，衍从楼上呼琰道："这楼何敢当贵人登！愿明日还访。"琰笑而去。然明日衍竟不还访。

黄子久，为元初著名画家。一天，同客游孤山，听见湖中有笛声，子久道："此是铁笛声。"子久自取铁笛吹而下山，游湖者吹笛上山，两人一上，一下，彼此不相顾，各自吹笛而去。游湖者为吾丘衍。

吾丘衍诗如《沈尧道赠梨花》云："山中折花摇白云，一枝赠我寒食春。薄帘隔晴不须卷，恐随蝴蝶飞成尘。"

（二十一）

陈孚，字刚中。台州临海人。少年时为和尚。一日，题诗于父友某君壁，某君见诗，说道"此和尚想回俗"，便邀住家中，叫他留发。半年，把女儿嫁他。但为岳母及妻兄弟所不容，不得已携妻入京。当时名公巨卿，交相推举，便入翰林，后为交趾副使。有《安南纪事诗》。

（二十二）

宋无，字子虚。有《鲸背吟》二十二首，每首末句借用古人成句，为游戏诗之一种，开明人山歌《夹竹桃》之端。如《揍沙》云："万乘龙骧一叶轻，逆风寸步不能行。如今阁在沙滩上，野渡无人舟自横。"

（二十三）

虞集，字伯生，号道园。本蜀郡人，宋丞相虞允文五世孙，自其父侨居临川之崇仁。集官至奎章阁侍书学士。诗文为一时文坛领袖。

集少时与其弟虞槃分书舍为二室，左室书陶渊明诗于壁，题曰"陶庵"；右室书邵尧夫诗于壁，题曰"邵庵"，故后人又称虞集为邵庵先生。

伯生在翰林时，有《听雨》诗云："屏风围坐鬓毵毵，银烛烧残照暮酣。京国多年情尽改，忽听春雨忆江南。"又有《风入松》词，末句云："报道先生归也，杏花春雨江南。"与诗同意。当时机坊织其词于帕上，为人所重。张仲举词云："但留意江南，杏花春雨，和泪在罗帕。"

伯生晚年送其子至罗浮为官，半途遇雪，作《苏武慢》词若干首，题曰《鸣鹤余音》，多出世遗俗之想，可代表其思之一斑。其一首云："自笑微生，凡情不断，轻弃旧矶垂钓。走马长安，听莺上苑，空负洛阳年少。玉殿传宣，金銮陪宴，屡草九重丹诏。是何年、梦断槐根，依旧一蓑江表。

天赐我、万叠云屏，五湖烟浪，无限野猿沙鸟。平明紫阁，日宴玄洲，晞发太霞林杪。苍龙腾海，白鹤冲霄，颠倒一时俱了。望清都，独步高秋，风露洞天初晓。”

（二十四）

赵孟頫，字子昂，号松雪道人。湖州人。宋宗室。入元，官司翰林学士承旨。善书，能诗。其妻管道昇善画竹。并著名艺林。但子昂以赵宋后裔而做元代官，为人所不取。

当元盛时，扬州富人赵氏，有明月楼，请人作联，多不合意；后来赵子昂过扬州，赵某设筵款待，所用皆是银器，主人出纸笔请子昂作联，子昂随手写云：“春风阆苑三千客，明月扬州第一楼。”主人大喜，把席上银器全赠与子昂。

入元后，子昂家产已废，生计清贫。一日，有二道士登门求书，先由仆人通报道：“有两居士在门前，求见相公。”子昂怒道：“什么居士？香山居士么？东坡居士么？这些吃素的风头巾，什么也称居士？”管夫人听见，对子昂道：“相公不要怎地焦躁！有钱买得物事。”便招呼两道士进来。相见后，道士拿出银十锭说：“送与相公作润笔之资，今有庵记，是牟教授作，求相公书。”子昂高声呼仆人道：“将茶来与居士吃！”乃与谈笑多时而去。

（二十五）

管道昇，字仲姬，一字瑶姬。吴兴人。诗画皆不学而能。有《渔父词》四首。其一云：“人生贵极是王侯，浮利浮名不自由。争得似，一扁舟，弄月吟风归去休。”有相劝偕隐之意，为人所称道。又画墨竹寄子昂，自题云：“夫君去日竹初栽，竹已成林君未来。玉貌一衰难再好，不如花落又花开。”

（二十六）

雪庵和尚，俗姓李，字玄晖。大同人。能书，能诗。尝代酒店写招牌，为赵松雪所见，惊道：“当代书法没有能及我的，何此字乃过于我？”后来问明是雪庵和尚写，乃劝他还俗，荐于文宗，复姓李，官至昭文馆大学士。

雪庵有《题买田券》云：“卖与买人谁是主？一犁春雨鹁鸠啼。”

（二十七）

与恭，字行己，号懒禅。余姚九功寺僧。与赵松雪同时。有《思母》诗云：“霜陨芦花泪湿衣，白头无复倚柴扉。去年五月黄梅雨，曾典袈裟籴米归。”此诗思想与其他一切释氏不同。

（二十八）

小云石海涯，畏兀儿人，为元初功臣阿里海涯之孙。父名贯只哥，云石因以贯为姓。号酸斋。元人著述称为贯云石，又称为贯公。官至翰林学士。

阿里海涯本一武人，以平宋有功，任意掳掠，尝以降民三千八百户收没为家奴，可想见其横暴。及至小云石，完全华化，善书，能诗，兼工作曲。著有《酸斋集》。

酸斋有《芦花被》诗，原序云："仆过梁山泊，有渔翁织芦花为被，仆尚其清，欲易之以绸者。翁曰：'君尚吾清，愿以诗输之。'遂赋，果却绸。"诗云："采得芦花不涴尘，翠蓑聊复藉为茵。西风刮梦秋无际，夜月生香雪满身。毛骨已随天地老，声名不让古今贫。青绫莫为鸳鸯妒，欸乃声中别有春。"酸斋得芦花被，自号芦花道人。

酸斋罢官后，居杭州，卖药于市，人多不识。

酸斋一日游虎跑泉，遇众人聚会赋诗，以"泉"为韵，一人吟哦不就，但云："泉！泉！泉！"酸斋信口代作云："泉泉泉！乱迸珍珠个个圆，玉斧砍开顽石髓，金钩搭起老龙涎。"众人惊问道："公是贯酸斋么？"酸斋答道："然！然！然！"乃邀与欢饮而散。

（二十九）

欧阳玄，字原功，号圭斋。潭州浏阳人。官翰林学士承旨。为元代著名“散文”作者之一。

（三十）

黄溍，字晋卿。婺州义乌人。官侍讲学士。以“散文”著名，也能作诗。

（三十一）

柳贯，字道传，浦阳人。官至翰林待制。自号乌蜀山人。“散文”与黄溍齐名。

（三十二）

马祖常，字伯庸，号石田。本为永古特部人，居靖州天山。他高祖为凤翔兵马判官，子孙即以马为姓。祖常父所作诗名《樵隐集》，祖常有《石田集》，中多兄弟唱和之作。今人陈垣考定马氏世为耶稣教徒。

（三十三）

杨载，字仲弘。浦城人。以能诗著名。其时诸名人同赋《宗阳宫望月分韵得声字》诗，推仲弘为首唱。诗云：“老君台上凉如水，坐看冰轮转二更。大地山河微有影，九天风露寂无声。蛟龙并起承金榜，鸾凤双飞载玉笙。不信弱流三万里，此身今夕到蓬瀛。”

（三十四）

范梈，字亨父，一字德机。清江人，以能诗著名。尝有《苍山感秋》诗，首四句云：“苍山秋意长，池馆静而阒。雨止修竹间，流萤夜深至。”清王士禛酷爱“雨止修竹”两句。

（三十五）

揭傒斯，字曼硕。龙兴富州人。官至翰林侍讲学士。以能诗著名。而《高邮城》一首尤自以为得意之作。又有《秋雁》云：“寒向江南暖，饥向江南饱。莫道江南恶，须道江南好。”因此时北人多南来，而又轻视南人。故曼硕作此诗，大有寄托。

（三十六）

吴莱，字立夫。浦阳人。以能文著名。早慧，十八岁拟《谕日本书》，时人谓为有终军、王褒之风，又以比司马相如《谕蜀文》。

（三十七）

三宝柱，字廷珪。色目人。以才学著名。尝官浙省郎中，写诗四句于门屏上云：“逆刮蛟龙鳞，顺捋虎豹尾。若将二伎论，尤比干人易。”他的意思是在杜绝人家的请求，刚直可取。诗虽不佳，然是色目人本来面目。

（三十八）

萨都剌，又作萨都拉，字天锡，号直斋。本回回人，后居雁门，称雁门人。或又谓本朱氏子，冒称西域回回人，今人陈垣已辨其不确。以能诗著称，而略失于粗豪，正是西域人本色。

萨天锡以赋宫词著名，有《四时宫词》，别有《宫词绝句》。其一首云："杨柳楼心月满床，锦屏绣褥夜生香。不知门外春多少，自起移灯照海棠。"

（三十九）

杨维桢，字廉夫，号铁崖，后号铁笛。会稽人。以"乐府"负盛名于一时。然其诗杂而不纯，且流于艳冶，人品、诗品皆不高。

铁崖尝饮于娼家，脱妓女鞋，将酒杯放鞋中，传递于座客，称为"鞋杯"。可想其人品。

铁崖游松江，夜宿普门寺，被贼偷去行李。天明，家人报告铁崖，铁崖方作诗，不肯停，答道："老铁在此，区区之物，又何足恤！"

铁崖寓金粟道人家，每食，主人以芙蓉金盘盛佳酿，命美妓捧出。铁崖出对云："芙蓉盘捧金茎露。"谁能对，便以金盘相赠。一妓对云："杨柳人吹铁笛风。"铁崖果把金盘赠她。

铁崖作《西湖竹枝词》，一时和者极多，凡所谓名公、巨卿、骚人、逸士，以至闺阁、方外，几无不有和作。可想见其交游之盛。

铁崖晚年居松江，家有四妾，名竹枝、柳枝、桃花、杏花，皆善歌。铁崖尝乘一大船，载妾出游，每至一处，豪富之家争相延致。时人有诗嘲他云："竹枝、柳枝、桃杏花，吹弹歌舞拨琵琶。可怜一个杨夫子，变作江南散乐家。"

（四十）

薛兰英、蕙英姊妹，吴郡米商女。与杨铁崖同时。铁崖作《西湖竹枝词》，和作百余家，刻版行世，薛氏姊妹在书肆得见，笑道："西湖有《竹枝曲》，东吴独无《竹枝曲》么？"乃作《姑苏竹枝曲》十章。

（四十一）

韩氏，士人郭晖妻。郭晖寄家书，误封一白纸寄去，韩寄诗答郭云："碧纱窗下折缄封，一纸从头彻底空。料想仙郎无别意，忆人长在不言中。"

（四十二）

道士张雨，字伯雨，别号贞居子。钱塘人。以能诗著称。时赵松雪子仲穆，善画兰，伯雨题其画云："滋兰九畹空多种，何似墨池三两花。近日国香零落尽，王孙芳草遍天涯。”仲穆见而惭愧，便不复作。

（四十三）

高明，字则诚，永嘉人。作《琵琶记》为“南曲”之祖。

今人皆知高明为戏曲名家，而不知他善作诗，他和赵子昂《题岳王墓》诗，陶南村《辍耕录》评为“读此诗而不堕泪者几希”云云。可知其感人之深。诗云：“莫向中原叹黍离！英雄生死系安危。内廷不下班师诏，朔漠全归大将旗。父子一门甘仗节，山河万里竟分支。孤臣尚有埋身地，二帝游魂更可悲。”

高明又有《题青山白云图》诗，并跋，也可见他朋友间情感的深厚。诗云：“昨夜山中宿雨晴，白云绿树最分明。茅堂早起无他事，去看溪南新水生。”跋云：“此余往日在越中录寄倪君仲权之诗，今十余年矣。意其不投之苦海，则亦当供酱蒙矣。仲权乃装潢为卷帙，列之于诸名胜间，矧当时事轇轕，世方以斯文束高阁，而仲权于朋友之片言只字亦无遗去，亦可见其好尚之清，交道之厚，而不为世变所移者也。惜也，予余之学问名位，视往日不少加进，徒负故人期待之意耳。展卷一览，慨叹不已，因书于左方以自惊云。”

（四十四）

张玉娘，字若琼。松阳人。许字表兄某，不果而卒。著有《兰雪集》，后人以为可比朱淑真的《断肠词》。

（四十五）

倪瓒，字元镇。无锡人。自称懒瓒，又称倪迂，又号云林子。以善画著名。诗也平淡清远，和他人品相似。

云林子生当元末，东南大乱，散弃家财，买舟来往于松陵、笠泽间。陵庄有蜗牛庐，为云林子所常栖止处。

云林子性喜清洁，所居阁前梧石，每日命人洗涤，青苔满庭，平滑可坐，每遇落叶，必命童子用针缀竿头刺出，不让它点坏青苔。

他家堂匾“云林”二字。“云”字摹天台白云寺额；“林”字摹庐山东林寺额。皆是王羲之得意之笔。

至明初，云林子田产已经散尽，而官吏还逼他纳税，不得已，逃入庐洲中，焚香自适，因香气为侦者所知，被捉入狱。每遇狱卒递饭，必叫他高举过眉，狱卒问他何故，云林子道：“恐你唾沫溅入饭中。”狱卒怒，把他锁在便桶边。后经他人劝解始免。云林子愤恨成疾。

云林子老年游历江湖，多寄居道院、僧庙，明洪武七年还乡，但已无家可归，借居亲戚邹惟高家。此年中秋，邹家开筵赏月，云林子因脾胃病，戒酒，凄然不乐，作中秋诗云："经旬卧病掩山扉，岩穴潜神似伏龟。身世浮云度流水，生涯煮豆爨枯萁。红蠡卷碧应无分，白发悲秋不自支。莫负尊前今夜月，长吟桂影一伸眉。"不久便死于邹家。

云林子有题画诗云："萧萧风雨麦秋寒，把笔临摹强自宽。赖有俞君相慰藉，松肪笋脯劝加餐。"此诗集中不载，见于所画真迹中，为王渔洋所赏。

（四十六）

王冕，字元章。诸暨人。自号煮石山农。性豪放不羁，尝戴高帽，披绿簑，着长齿屐，击木剑，行歌于市，人以为狂。

元章尝买舟东下，渡大江，入楚、淮，历览名山大川，遇奇人、侠客，与谈古豪杰事，便呼酒共饮，慷慨悲歌。

冕性喜画梅，每画必题诗，有题画梅诗云："猎猎北风吹倒人，乾坤无处不生尘。胡儿冻死长城下，始信江南别有春。"或以此诗为刺时，王冕畏祸，一夜遁去。又一说：题画梅诗为"冰花个个圆如玉，羌笛吹他不下来"。

王冕北游燕都，居泰不花家，泰不花欲荐冕为官，冕道："不满十年，此中狐兔游矣。"

明太祖起事时，访得王冕，与冕同食粗米饭，且食，且谈，太祖喜道："可以共大事。"使为咨议参军，而王冕一夜暴卒。

（四十七）

鲁琪琳，乌程人。元末隐居不仕。人家向他问作诗法，他口占云："三百五篇风雅颂，世人能读少人观。吟哦须得自情性，雕琢反愁失肺肝。春草池塘中造化，梅花香影外波澜。熟参熟究工夫到，始信仙凡共一丹。"

（四十八）

张简，字仲简。吴郡人。自号白羊山樵。饶介之守吴时以《醉樵歌》为题证诗，仲简取第一，高季迪第二。仲简得赠黄金一饼。

（四十九）

丁鹤年，字鹤年，一字永庚。本西域人，世居中国。鹤年诗在当时西域人中为尤佳。元末世乱，迁徙无常，曾居武昌，故为武昌人。鹤年有孝行，世称为丁孝子。

（五十）

迺贤，合鲁人。"合鲁"又译作"葛逻禄"，意译为"马"。迺贤字易之，故又称合鲁易之，又称马易之。迺贤，清人又改译为纳新。许多名字，其实只是一人。其在中国，居南阳便称南阳人。后居鄞，又称鄞人。著有《金台集》。

七、明代文学作者的故事

（一）

刘基，字伯温。青田人。明开国谋臣。所作诗雄浑高古，能扫除元季纤弱习气，为当时所推重，实则除摹古外他无可取。

（二）

宋濂，字景濂。浦江人。元末尝入仙华山为道士，明初官至翰林学士。诏修《元史》，充总裁。为明初文坛领袖。

（三）

王祎，字子充。义乌人。与修《元史》。后使云南，抗节死。诗文与宋濂齐名。明太祖尝谓宋濂“浙东才人，惟卿与王祎”云云。

（四）

王彝，字常宗。嘉定人。诏修《元史》。自元季以来，杨铁崖以才倾动东南，文人纷纷仿效。号为“铁体”，常宗独作《文妖》一篇痛骂铁崖。

（五）

钱宰，字子予。会稽人。明初诏修《礼乐书》。赋《早朝》诗云："四鼓咚咚起着衣，午门朝见尚嫌迟。何时得遂田园乐，睡到人间饭熟时。"因此被遣归。

（六）

高启，字季迪，号青丘子。长洲人。洪武初诏修《元史》，后因事被杀。世传季迪以《宫女图》诗而遭猜忌，因得杀身之祸。诗云："女奴扶醉踏苍苔，明月西园侍宴回。小犬隔花空吠影，夜深宫禁有谁来？"

（七）

王旬，字子宣。有《宫词》云："南风吹断采莲歌，夜雨新添太液波。水殿云廊三十六，不知何处月明多。"仁和俞友仁见此诗，称为唐人得意句，便以妹嫁他。按，此事或误作王叔明事。

（八）

胡闰，字松友。鄱阳人。少读书古祠中，画松于壁，题诗云："幽人无俗怀，写此苍龙骨。九天风雨来，飞腾作神物。"明太祖因平陈友谅经过鄱阳，见诗，大喜，后胡闰举秀才，入见帝，帝谓闰云："此书生故题诗鄱阳庙壁者邪？"

（九）

许继，字士修。宁海人。自号观乐生。作诗九章以言志，称为《观九乐咏》。所谓九乐：一青天；二白云；三初日；四霁月；五丹霞；六沧海；七远山；八澄渊；九古书。

（十）

袁凯，字景文，号海叟。松江华亭人。洪武时被征为御史，因对问，为太祖所忌，托病免官归。

海叟诗在明初与刘基、高启相颉颃，而超出其他作者之上。

海叟尝作《白燕诗》，时人称为“袁白燕”。他故居在松江东门外，后人就其遗址建白燕庵。

海叟尝作《杨白花》诗，有人进谗于太祖道：“欲种杨树于深宫，将莳花萼于何地？”海叟自知难免于祸，便假托疯狂，骑乌牛往来儿峰、三柳间。太祖果使人密察海叟，海叟对使者一言不发，但唱《月儿高》一曲。太祖以为真疯，乃免。

（十一）

袁敬所，原不知何名，因建文事改名，流落江湖。尝于酒后题《题渊明五柳图诗》云：“藜仗芒鞋白布裘，山中甲子自春秋。呼儿点检门前柳，莫遣飞花过石头。”题罢，掷笔悲吟，继以洒泪。旁有江右布商，识敬所，呼云："此吾乡某编修，何为在此？"敬所急掩布商口，使勿言，不顾而去。

按，合观袁敬所、高启、袁凯三事，可见明初文字祸极烈。然此种文字祸，只是帝王猜忌文人关系，而非种族关系，与清代文字狱又不同。

（十二）

李东阳，字宾之。茶陵人。官至华盖殿大学士。明弘治间李梦阳、何景明等作复古运动，风靡一时；而李东阳提倡复古，更在何、李之前。此种复古运动，毫无足取，然在当时确是文坛上一种变化。

（十三）

唐寅，字伯虎，一字子畏，号六如居士。吴县人。弘治时举南京乡试第一。因事入狱，放归。自此放荡不羁，佯狂玩世。

伯虎以书画著名，虽有诗，然不佳。平日以卖画为活。尝有诗云："领解皇都第一名，猖披归卧旧茅衡。立锥莫笑无余地，万里江山笔下生。"又云："青山白发老痴顽，笔砚生涯苦食艰。湖上水田人不要，谁来买我画中山！"

伯虎尝与友登山宴集，忽来一乞儿，自称能诗。众人命其试作。乞儿先书“一上”二字，众人大笑，乞儿继书云“一上”，复书云“又一上”，乃成为一句。复书云：“一直走到高山上。举头天小日月低，四海五湖皆在望。”众人大惊，招与同饮，尽欢而散。

伯虎他项故事尚多，大概都是滑稽玩世，今不多述。

（十四）

祝允明，字希哲，号枝山。长洲人。与唐伯虎同时。唐六如画，祝枝山书法，称为一时绝品。枝山虽能诗，然不佳。

（十五）

顾璘，字华玉。先世吴县人，迁居南京，官至尚书。李梦阳、何景明未成名时，颇得华玉宏奖。祝枝山著《观云赋》，唐六如著《广志赋》，华玉每对客诵读。

华玉遇富贵人则故意傲慢，人无可如何，遇山林寂寞之士，则又屈己延待。尝至杭州访孙太初，幅巾道服，放舟湖上。一夜，见有船泊断桥下，船上一僧、一鹤、一童子，方在煮茶，华玉道：此必是孙太初。移舟相就，果是太初，便与订交。

（十六）

李梦阳，字天赐，晚字献吉，号空同子。庆阳人。官至尚书，以劾刘瑾致仕。

献吉诗文与何仲默同为复古领袖。

（十七）

何景明，字仲默，号大复山人。信阳人。官吏部员外，为陕西提学使。

何景明与李梦阳、徐祯卿字昌穀、边贡字廷实、康海字德涵、王九思字敬夫、王廷相字子衡号“七子”，又称为“弘治七子”。

（十八）

王慎中，字道思，号遵岩。晋江人。以“散文”著名。

（十九）

唐顺之，字应德，一字义修。武进人。世称为荆川先生。“散文”与王遵岩齐名。

（二十）

茅坤，字顺甫，号鹿门。归安人。今所传唐、宋八家文，为临海人朱伯贤所定，本只六家三苏合为一家，钞本大约为王遵岩、唐顺之所甄录，至茅鹿门才刻版行世。今人多认为茅氏所选。

（二十一）

归有光，字熙甫，学者称为震川先生。昆山人。“散文”善于描写家庭间琐碎事。为人风貌秀美，富于情感。尝为湖州长兴县令，听讼时，引儿童妇女，与作吴语，务得情，可解则解。方望溪论震川文云：“震川之文，发于亲旧，其人微而语无忌者，盖多近古之文。不修饰而能情辞并得，使览者恻然有隐，其气运盖得之子长，故能取法欧、曾而少更其形貌耳。”

（二十二）

李攀龙，字于鳞。历城人。与王世贞字元美、谢榛字茂秦、梁有誉字公实、宗臣字子相、徐中行字子舆、吴国伦字明卿称“七才子”，又称“嘉靖七子”。

此时文坛党派之习已盛，不但异派者互相攻击，即同派者也自起冲突。当“嘉靖七子”结社之初，李、王名犹未盛，推谢茂秦为首，后于鳞以茂秦是所谓“布衣”而反居士大夫之上，感觉不安，乃投书与绝交。于是元美别定“五子”，削去茂秦姓名。又有“后五子”“广五子”“续五子”“末五子”之称，最后推广到“四十人”，而茂秦终被屏除。当时纷争的情形如此，可发一笑。

（二十三）

郑若庸，字中伯。昆山人。善作曲。尝游南京，作《玉玦记》，讪笑妓院，一时诸妓生涯大为冷落。妓院大恐，乃集数百金别求人作《绣濡记》以雪此耻，其生涯又恢复原状。

（二十四）

徐渭，字文长。山阴人。能诗文，善书画。少负奇才，而不谐于俗，佯狂玩世，落魄无聊。晚年，或持斧自击头面，或以锥自刺两耳，后竟以不得志而死。为明代文学界一异人。流传故事甚多。然不尽可信。袁宏道作《徐文长传》，叙文长生活颇详。

（二十五）

梁辰鱼，字伯龙。昆山人。所作词曲妙绝一时。其同邑魏良辅善歌，能变"南曲"而为"昆腔"，辰鱼撰《浣纱记》付他，为时人所赏。王元美有诗云："吴闾白面冶游儿，争唱梁郎雪艳词。"可想见它流传之盛。

与魏、梁同时，有陆九畴、郑思笠、包郎郎、戴梅川等人，皆善唱"昆曲"。按，此数人姓名今已绝无人知道。

（二十六）

朱孟震，字秉器。新淦人。隆庆时尝结清溪诗社，一时诗人多与唱和。

（二十七）

臧懋循，字晋叔。长兴人。善于评曲。尝选刻《元曲选》，又刻杨廉夫所作《四游记弹词》《仙游》《梦游》《侠游》《冥游》。元人杂剧赖他保存的不少。

（二十八）

汤显祖，字义仍。临川人。以作《牡丹亭》曲本著名，玉茗堂四种中以《牡丹亭》尤为情词恳挚。当时有人劝他讲学，他答道：“诸公所讲的是性，我所言的是情。”当时有娄江女子俞二娘，酷爱此曲，为之伤心而死。义仍有诗云：“画烛摇金阁，真珠泣绣窗。如何伤此曲，偏只在娄江？”又《七夕答友》诗云：“玉茗堂开春翠屏，新词传唱《牡丹亭》。伤心拍遍无人会，自掐檀痕教小伶。”

义仍又有《紫箫》残本，身后被其仲子开远焚弃。

（二十九）

袁宗道，字伯修。公安人。论诗文力排李攀龙、王世贞，于唐取白居易，于宋取苏轼，自名所居为白苏斋。与弟宏道字无学、中道字小修皆以能文著称，号“公安体”。如宏道《西湖》诗云：“一日湖上行，一日湖上坐，一日湖上住，一日湖上卧。”可见一斑。“公安体”本欲矫李、王之弊，但末流所趋，又变为空疏浮泛，而为世所诟病。

（三十）

钟惺，字伯敬。谭元春，字友夏。二人皆竟陵人。此时“公安”势力已衰，钟、谭继起，号“竟陵体”。“公安”“竟陵”皆无足取，朱竹垞且指为亡国妖孽。其言云：“万历中‘公安’矫‘历下’指李于鳞‘娄东’指王元美之弊，倡浅率之调，以为浮响；造不根之句，以为奇突；用助语之辞，以为流转；著一字务求之幽晦，构一题必期于不通。《诗归》出谭元春有《诗归》。而一时纸贵。闽人蔡复一等，既降心以相从，吴人张泽、华淑等，复闻声而遥应，无不奉一言为准的，入二竖于膏肓，取名一时，流毒天下，诗亡而国亦随之矣。”读竹垞此言，可知文学与国运的关系。

（三十一）

殷仲春，字方叔。秀水人。隐居郭西，躬耕度日。暇时便吟诗自遣。陈仲醇继儒赠诗云：“却羡白头殷处士，鹁鸪声里独耕田。”方叔虽不以能诗著称，然在当日诗人中品格高于“公安”“竟陵”诸人。

（三十二）

冯梦龙，字犹龙。长洲人。以纂辑小说、俚曲著名。有《情史》《智囊》《醒世恒言》《警世通言》《喻世明言》等小说。又《挂枝儿》小曲相传为梦龙作，大约是梦龙搜集原有民歌而改成的，不必是梦龙创造。《挂枝儿》不知何所取义，其中《错认》一首云："月儿高，望不见我的乖亲到。猛望见窗儿外，花枝影乱摇。低声似指我名儿叫。双手推窗看，原来是狂风摆花梢。喜变做羞来，羞又变做恼。"此首大意与《会真记》中"待月西厢下"一诗完全相同。诗云："待月西厢下，迎风户半开。拂墙花影动，疑是玉人来。"

（三十三）

黎遂球，字美周。番禺人。崇祯初与同人咏黄牡丹，美周诗居第一。时人称为"黄牡丹状元"。明代诗社盛行，观此事可见当日风气之一斑。

（三十四）

熊开元，字玄年，号鱼山。嘉鱼人。天启进士。明亡后，为僧，名正志，号蘗庵，居苏州华山，有《华山纪胜集》。《击筑余音》，通称为"道情"，谓系归庄作，今人考定为鱼山作。《华山纪胜集》中《穿云栈》云："尽日凝云谷口封，倦还飞鸟亦迷踪。何如近借斋厨钵，鞭取耕烟白耳龙。"

（三十五）

黄周星，字九烟。上元人。崇祯十三年进士。明亡后，改名黄人，字略似，号圃庵，又号笑苍道人。布衣素冠，寒暑不改。与人一言不合，便开口谩骂。尝有诗云：“高山流水诗千轴，明月清风酒一船。借问阿谁堪作伴？美人才子与神仙。”

九烟七十岁时，一日，忽仰天叹道：“嘻！而今不可以死乎！”便自作墓志铭，又作《解脱》十二章，与妻子诀别，取酒痛饮，大醉，投水而死。时为五月五日。

九烟诗如《秋日与杜子过高座寺登雨花台》云：“被发何时下大荒？河山举目共凄凉。客来古寺谈秋雨，天为幽人驻夕阳。去国屈原终婞直，无家李白只佯狂。百年多少凭高泪，每到西风洒几行。”

（三十六）

钟晓，字人雅。不知何处人。崇祯末年，流寓昆山，混迹市肆，屡变姓名。虽不得一饱，而吟诗不辍。得句，便用白粉写于人家墙上，每为人所憎恨。一日，饮酒大醉，沉水而死。

钟晓所作诗如《春愁》云：“虚馆春愁鬓欲雕，更缘多病暗无憀。笋思出土犹藏甲，柳学迎风渐折腰。尽说黄金长不坏，那知碧血最难消！何须西土苏台望，一笛残阳旧六朝。”似为国亡后所作。

（三十七）

董樵，字亦樵。莱阳人。国亡后，迁居文登海滨，担柴入市，买米而归。人不知他住处。有文登县绅士闻亦樵名，守在路上，待亦樵来，起立与语。亦樵弃薪路旁，云："我今秃头，当回去取冠来。"言罢自去，竟不复来。从此也不再入市。

亦樵诗如《咏怀》云："兰生托层岩，幽独鲜人知。正当扬葩候，所遇非其时。采采桃李花，乃在山之蹊。岂不艳目前，难免达士嗤。珍重语国香：'长守贞洁姿。'"

按，明亡后遗民为僧投水的甚多，今录熊开元以下四人以概其余。

八、清代文学作者的故事

（一）

清代文学作品于历代中为最富，而作者也最多。遗闻逸事，几有述不胜述之慨。今但就最著名的作者，及比较有关系的故事，略记一二，以为代表。其他不暇多述。

（二）

侯方域，字朝宗，号雪苑。河南商丘人。明户部尚书侯恂之子，故当时与方以智、字密之。冒襄、字辟疆。陈贞慧字定生。并称为“四公子”。明亡后，奉父归乡里，曾一应举。清顺治十一年卒，年三十七岁。

朝宗少年纵情声色，慷慨尚意气。时怀宁人阮大铖，本为魏忠贤义儿，忠贤败后，大铖匿居南京，暗中运动复出用事，为当时名士陈定生、吴次尾等所反对，倡言攻击。大铖知朝宗与两人为友，便托人联络朝宗，借此交接两人，而被朝宗所拒绝。其时大铖家有优伶，能演大铖所撰《燕子笺》，适诸名士因试事集于南京，朝宗置酒高会，征阮家伶人演戏。大铖甚喜，以为有机可乘，便吩咐伶人去演戏，一面叫他仆人去探听消息。方开演时，诸人都称好，阮仆归报大铖，大铖益喜。后来谈到时事，便大骂大铖不绝口，大铖闻言大怒，而尤恨朝宗等三人。后来福王立于南京，大铖用事，欲尽杀党人以报旧怨。捕定生入狱，次尾亡命，朝宗连夜出走，渡江依镇帅高杰而免。

当大铖想联络朝宗时，朝宗方恋一妓女李香君。香君知书，有侠气，鄙夷大铖而倾倒朝宗。清初孔尚任的《桃花扇》，即搬演南都覆亡的故事，而以侯朝宗、李香君为重要角色。

朝宗“散文”豪迈不羁，极为当时人所推重。王士禛云：“近日论古文，率推侯朝宗为第一，远近无异词。”邵长蘅云：“朝宗为柳、韩之文于举世不为之日，遂以古文雄视一世。”然同时也有人说他过于草率。金左祖云：“朝宗已自成一家，惜得名差早，未暇炼句耳。”杜濬云：“朝宗后出才俊，而根底不坚，火色不老。”

清初人多推重朝宗，而后来便以侯、魏、汪三人并称。《四库书目题要》云：“侯方域之文，才人之文；魏禧之文，策士之文；汪琬之文，儒者之文。”此言甚确当。

（三）

魏禧，字冰叔，一字叔子。江西宁都人。兄名际瑞，字善伯。弟名礼，字和公。皆以能文著称，号为“宁都三魏”。叔子躯干修伟，有才略，善于料事。明末流贼渐炽，乱势已成，然因太平日久，一般人都不以为意，独叔子忧大乱将至，乃移家于翠微峰。峰离宁都四十里，高百余丈，四面陡绝，只有一路可上，叔子迁居峰上，他的朋友如彭士望、林时益等相继挈妻子来依。后数年，宁都遭寇，而翠微山独完。

叔子与友人居翠微峰上，相与肆力于文学。叔子喜读史，尤喜读《左传》及老苏文，为文凌厉雄杰，如遇忠教节烈事，尤能描写得淋漓尽致。

叔子年四十时，天下已定，乃出游江、淮间，交一时文人奇士。清康熙十八年，被举博学鸿儒，苦辞不赴。后二年，因赴扬州故人约，卒于仪征。年五十七。

（四）

汪琬，字苕文，号钝翁，又号尧峰。长洲人。顺治十二年进士。康熙时举博学鸿儒。与修《明史》。不久，即称疾南归，隐居尧峰，读书自乐。年六十七，卒于家。

尧峰文在三家中才力不及朝宗、叔子，而修饰涵养比较的有功夫。邵长蘅云："三家之文，侯氏以气胜，魏氏以力胜，汪氏以法胜。可谓作者。"

宋荦云"汪氏文有不尽之意，含吐言表，譬之澄湖不波，风日开丽，而帆樯容与"云云。

尧峰喜读震川文，尝作《震川年谱》，隐然自谓接震川一派。为文确与震川相近。

（五）

王猷定，字于一，号轸石。江西南昌人。少时倜傥自豪，声色、狗马、博弈、神仙之事，无所不好，因此倾家。晚年寓浙中西湖僧舍，落魄以终。

汪琬称轸石文“沈雄闳肆，激郁缠绵，类司马子长，虽韩、柳不能过”云云。可想见其为当时人所推重。

轸石作文不轻落笔，意之所至，滔滔汩汩，意所不至，不复强为，往往经岁不成一字，故能与有所为而作者不同。

（六）

钱谦益，字受之，号牧斋。江南常熟人。明末官礼部尚书。清顺治定江南，谦益出降，为礼部侍郎，因此为人所不取。虽诗文在明、清之间为一时作者，然因人品卑下，故文格终不能高。

牧斋晚年娶名妓柳如是为妾，逸闻甚多，今不备载。唯牧斋死后柳以身殉，故论者谓钱不如柳云。

（七）

吴伟业，字骏公，号梅村。江南太仓人。明末为东宫侍读。明亡后，退居乡里。继为当局所迫，曾一度出仕于清，而后又自悔。临卒，遗言以僧服为敛，墓前树一石，题曰“诗人吴梅村之墓”云云。

梅村诗清华绮丽，尤善于为长篇纪事诗，以《圆圆曲》《鸳湖曲》等为著名。

（八）

龚鼎孳，字孝升，号芝麓。合肥人。明末进士，而仕于清。诗文与钱、吴并称为“江左三大家”。就诗文论，龚不及吴，吴不及钱；就人品论，牧斋为下，而梅村情有可原。

（九）

邵长蘅，字子湘，号青门。无锡人。康熙时以“散文”著称。

（十）

姜宸英，字西溟，号湛园。浙江慈溪人。康熙时以“散文”著称。

西溟谓友人云：“我辈人人有集，然其诗或传与否，均未可知；惟当牵连缀姓名于集中，幸有传者，即所附载之人亦因以显。”此事可见文人好名之心，并互相标榜之习，虽西溟也不能免。

（十一）

施闰章，字尚白，号愚山。宣城人。“散文”在康熙时与叔子、尧峰相颉颃。诗与宋琬齐名，并称为“南施北宋”云。

愚山为梅圣俞乡人，然不喜圣俞诗。王渔洋每与他谈到圣俞，他总是不应，表示不满之意。一日，渔洋问云：“‘遍舟洞庭去，落日谁家宿？’此是何人诗？”愚山云：“疑是韦苏州、刘文房。”渔洋云：“此乃君乡人梅圣俞诗。”愚山爽然自失。

愚山尝制苧帐，题诗帐上，寄林茂之，一时和作甚多，名为“诗帐”。或一绝云：“斗帐殷勤白苧裁，使君亲自写诗来。孤山处士朝眠稳，朝日烘门懒未开。”

（十二）

宋琬，字玉叔，号荔裳。山东莱阳人。愚山诗温柔敦厚，荔裳诗雄厚磊落，并称为“南施北宋”，而各有所长。

（十三）

王士禛，字贻上，号阮亭，别号渔洋山人。山东新城人。为诗独标神韵，得温柔敦厚之旨。渔洋名位显贵，游踪又广，一时名人多相与唱和，群相推许，屹然为一代大宗。

渔洋天性敦厚，故所作诗富于感情，于兄弟、朋友分合聚散之际，每有所作，无不低徊往复，一唱三叹。又尝自述云：“予六七岁，始入乡塾，受《诗》，诵至燕燕绿衣等篇，便觉怅触欲涕，亦不自知其所以然。稍长，遂颇悟兴观群怨之旨。”于此已可见他是个富于情感的诗人。

渔洋又喜奖励后进，每遇人有佳句，常吟诵不离口。太仓崔华，字不雕，为渔洋门人，有诗云：“丹枫江冷人初去，黄叶声多酒不辞。”为渔洋所赏，时称为“崔黄叶”。历城王苹，字秋史，有诗云：“乱泉声里谁通屐，黄叶林间自著书。”又云：“黄叶下时牛背晚，青山缺处酒人行。”渔洋又称为“王黄叶”云。

渔洋《香祖笔记》中有一则云：“康熙初，士人挟诗文游京师，必先谒龚端毅鼎孳公，次即谒长洲汪苕文琬、颍川刘公㦷体仁及予三人。阳羡陈纬云维岳，其年之弟也，初入都，手写行卷三通置案上。友人问所诣曰：‘吏部刘公、户部汪公、礼部王公也。’友人曰：‘吾为子预卜之：汪得卷，必摘其瑕疵而驳之；王得卷，必取其警策而扬之；刘则一览辄掷去，无所可否。’已而果然。”按，此事可见一时风气，及三人性情。

渔洋尝有和李清照《漱玉词》，其中两句云：“郎似桐花，妾似桐花凤。”刘公戏称为“王桐花”。

（十四）

朱彝尊，字锡鬯，号竹垞。浙江秀水人。以能诗词著称，而其他学术也极渊博。

竹垞尝有《风怀》诗，相传为自述少年时一种恋爱故事。后编诗集，不肯删去，自谓“宁可死后不祀于孔庙，而不肯删《风怀》一篇”云。

（十五）

查慎行，字初白。浙江海宁人。以能诗著称。黄梨洲谓

"初白诗可比陆放翁"，王渔洋则谓"奇创之才，初白不及放翁，而绵至之思，放翁不及初白"云。

（十六）

赵执信，字伸符，号秋谷。山东益都人。时王渔洋诗名正盛，秋谷欲别树一帜与渔洋相抗，尝著《谈龙录》《声调谱》等书，谓诗当讲法度音调云云，书中多讥讽渔洋的话。然渔洋绝不与较，秋谷也终不能胜渔洋。

秋谷妻为渔洋甥女，与渔洋本是亲戚，而年龄又比渔洋为少，初，本深相引重，后以某事意见不合，乃著书攻渔洋云。

（十七）

纳兰性德，满洲人。字容若，又名成德，故世多称为成容若云。为大学士明珠之子。性情淡泊，如寒素之士。工为诗词，有《饮水诗词》集。为满洲文人之冠。或谓《红楼梦》小说为演明珠家故事，可成一说。

容若与无锡顾贞观友善，时吴江吴兆骞因科场事被流于宁古塔，贞观素与兆骞善，因央容若向明珠营救。容若许而未行，贞观作《金缕曲》词两首寄兆骞，为容若所见，感而泣涕，便将此事告明珠，不久，兆骞被赦回。一时传为美谈。词云："季子平安否？便归来，平生万事，那堪回首？

行路悠悠谁慰藉？母老家贫子幼。记不起、从前杯酒。魑魅搏人应见惯，总输他、覆雨翻云手。冰与雪，周旋久。泪痕莫滴牛衣透。数天涯、依然骨肉，几家能彀？比似红颜多命薄，更不如今还有。只绝塞、苦寒难受。廿载包胥承一诺，盼乌头马角终相救。置此札，兄怀袖。”又云：“我亦飘零久。十年来、深恩负尽，死生师友。宿昔齐名非忝窃，只看杜陵穷瘦，曾不减、夜郎僝僽。薄命长辞知己别，问人生、到此凄凉否？千万恨，为兄剖。兄生辛未吾丁丑。共些时、冰霜摧折，早衰蒲柳。词赋从今须少作，留取心魂相守。但愿得、河清人寿。归日急翻行戍稿，把空名、料理传身后。言不尽，观顿首。”

（十八）

屈大均，字翁山。番禺人。陈恭尹，字元孝。顺德人。梁佩兰，字芝五，号药亭。南海人。三人齐名，称为“岭南三大家”。

（十九）

孔尚任，字季重，号东塘，又号云亭山人。山东曲阜人。尝作《桃花扇》《小忽雷》二传奇，而《桃花扇》尤极有名。虽叙丽情，而多致意于兴亡之感，故为杰作。

（二十）

洪昇，字昉思。钱塘人。以作《长生殿》传奇著名。当《长生殿》初成时，在京寓扮演，置酒高会，一时名流咸集，赵秋谷亦至。时方在所谓“国丧”中，例禁演剧，或人素恨秋谷，因将此事告发，于是秋谷与昉思皆被斥逐，昉思乃流离困顿以终。

（二十一）

李渔，号笠翁。兰溪人。寓居钱塘。尝作《风筝误》《慎鸾交》《奈何天》《怜香伴》《比目鱼》《意中缘》《玉搔头》《蜃中楼》《巧团圆》《凰求凤》等十种曲，皆是喜剧。虽滑稽可喜，然品格不高，远不及《长生殿》与《桃花扇》。

（二十二）

蒲松龄，字留仙，号柳泉居士。山东淄川人。以作《聊斋志异》著名。

相传留仙作《聊斋志异》初成，王渔洋欲以千金购为己有，留仙不肯云云。然今观渔洋短文实远出留仙之上，此似不可信。

又俗传留仙作《聊斋》时，设茶肆于城外，遇过客，即拉与饮茶，而使讲故事，留仙即取以为著书材料云云。按，传闻如此，也未必尽可信。

或又称留仙作《聊斋》，意思在詈骂满人，书中说到狐狸，每自称姓胡，胡是指胡人云云。然狐自称姓胡，已见于晋人小说，不自《聊斋》始。故此言绝不可信。

（二十三）

曹霑，字梦阮，号雪芹、芹圃。祖父名寅，字楝亭，为江宁织造。有《楝亭诗钞》，并刻《楝亭十二种》。雪芹幼年生长于豪华环境中，后随父北归，曹氏衰落，雪芹甚至于寄居西郊，啜粥度日云。雪芹作《红楼梦》为清代小说界一名著，今通行本《红楼梦》非雪芹一手作成，有他人增补处。

（二十四）

方苞，字灵皋，号望溪。桐城人。以“散文”著称。后世称为“桐城文”，为清代一大宗。在望溪时尚未有“桐城”的名称，到姚姬传时才有。

望溪少与同邑戴名世友善，名世著《南山集》，多采录方孝标所记清初事，中有指斥满人的话，后来被人告发，大兴文字狱，所牵连的人极多，因《南山集》刻版寄存望溪家，故望溪也被牵连。时孝标已先死，名世被杀，望溪入狱，后得赦出。此事与吴兴“庄氏史案”，共称为江、浙间两大狱。可见当地所谓“文网”之密。

望溪为文以法度为主。以为“周、秦以前，文之义法无一不备，唐、宋以后，步趋绳尺而犹不能无过差”云云。故所作文多平正而不肯逸出于规矩之外。

望溪初至京师时，见时人论文多称钱牧斋。望溪独不以为然。尝私谓友人云：“牧斋文秽恶藏于骨髓，一如其人，有或效之，终身不可涤濯。”人初以为奇论，后乃服其言。按，望溪文讲义法，守规矩，全系时代关系，本书前已言过。而望溪论钱牧斋的话，确有见地，可谓名言。

（二十五）

刘大櫆，字才甫，号海峰。桐城人。望溪称为“有韩、柳之才”。为“桐城”大家之一。

（二十六）

姚鼐，字姬传。桐城人。受学于刘海峰，以能文名于时。历城周永年云：“天下文章尽在桐城。”于是便有“桐城文”的名称。近人李详谓是程鱼门言。

姬传曾为山东、湖南副考官，后又主讲梅花、钟山、紫阳、敬敷诸书院，故门人甚多。“桐城文”传播之广和此有极大的关系。

姬传弟子最著名的有管同字异之、梅曾亮字伯言、桃椿字春木、刘开字孟涂等人，各在“桐城文”中占一重要的位置。

（二十七）

沈德潜，字确士，号归愚。长洲人。尝选《古诗源》《唐诗别裁集》等书，流传甚广。在王渔洋之后袁简斋之前，为诗坛领袖。归愚虽与简斋同时，但年岁比简斋大。

（二十八）

袁枚，字子才，号简斋。钱塘人。乾隆四年进士，出为溧水、江浦、江宁等县令。年四十即告归，辟一园于江宁城西，名为随园，又以随园自号。嘉庆三年卒，年八十二岁。

随园诗文甚富，交游又广，隐然为东南文坛领袖。同时赵瓯北、蒋心餘虽云与随园并称为“三大家”，然声气不及随园之广，故妇孺往往知随园而不知蒋、赵。

随园四面无墙壁，每遇春秋佳日，任人往来游观。中有“仓山云舍”“因树为屋”“蔚蓝天”等二十四景，一一皆有题咏。又集唐诗为联云“放鹤去寻三岛客”“任人来看四时花”。又自撰联云“不做公卿，非无福命终缘懒”“难成仙佛，既爱诗书又好花”。

简斋尝因事至杭州，寓西湖孙某宝石山庄，有女弟子张秉彝、徐裕馨等十三人以诗受业，大会于湖楼，简斋画《随园雅集图》以留纪念，并题诗云：“红妆也爱鲁灵光，问字争来宝石庄。压倒三千桃李树，星娥月姊在门墙。”然简斋此类事颇为当时人所不满。如章学诚著《妇学》，其中所言，多为简斋而发。学诚，字实斋。会稽人。尝有《古文十弊》及《诗话》等作，所论极有见地。今以非纯然文学作者，故不多述。

简斋论诗以性灵为主。尝有诗云：“但肯寻诗便有诗，灵犀一点是吾师。夕阳芳草寻常物，解用多为绝妙词。”简斋诗浅近易读，颇为一般人所称道；然末流所趋，多变为浮泛草率，毫无价值。

简斋与蒋、赵齐名，也是朋友，然往往彼此不肯相下。简斋好交游，座上客常满。一日，宴客于随园，到五百人。时赵瓯北方游栖霞山，被招，不赴，寄一诗云：“名纸填门奉玷坛，随园豪举欲留餐。灵山五百阿罗汉，一个观音请客难。”简斋得诗大笑。

（二十九）

蒋心餘善作曲，简斋却不喜曲。一日，心餘拿他所撰曲本强简斋读，说道：“先生只算小病一场，宠赐披览。”简斋不得已为读数阕，只赏其中两句云：“任汝忒聪明，猜不出天情性。”心餘笑道：“先生毕竟是诗人，非曲客也……‘造物岂凭翻覆手，窥天难用揣摹心。’此我十一个字之蓝本也。”简斋闻言大笑。

（三十）

赵翼，字云崧，号瓯北。阳湖人。精于史学，兼工诗。瓯北颇自负，方刻诗集时，或人称其诗云：“君诗虽不能及杜子美，已过杨诚斋矣。”瓯北傲然答道：“吾自为赵诗耳，安知唐宋！”

瓯北尝有论诗绝句云：“满眼天机转化钧，天工人巧日争新。预支五百年新意，到了千年又觉陈。”又云：“李杜诗篇万口传，至今已觉不新鲜。江山代有才人出，各领风骚数百年。”又云：“只眼须凭自主张，纷纷艺苑漫雌黄。矮人看戏何曾见，都是随人说短长。”又云：“少时学语苦难圆，只道功夫半未全。到老始知非力取，三分人事七分天。”所言极有见地。

（三十一）

蒋士铨，字心餘，一字苕生、清容。江西铅山人。诗与袁、赵齐名。又善作曲，有《香祖楼》《空谷香》《冬青树》《临川梦》《桂林霜》《雪中人》《四弦秋》《一片石》《第二碑》等九种曲本，称为藏园九种曲，流传甚广。

（三十二）

杭世骏，字大宗，号堇浦。仁和人。尝与里中前辈结南屏诗社于西湖。齐召南最爱堇浦诗，取与苏东坡并称为苏、杭。然为一人私见而非公论。

（三十三）

厉鹗，字太鸿，号樊榭。钱塘人。熟于南宋掌故，著《宋诗纪事》一百卷，搜罗甚富。所作诗精深峭洁，颇有名。

（三十四）

纪昀，字晓岚。河间人。尝总纂《四库全书》。所作《阅微草堂笔记》流传极广。

晓岚性喜诙谐。尝有牛姓者新婚，晓岚赠联云："绣阁团圆同望月，香闺静好对弹琴。"又尝有两门生来谒，其一额上有黑斑，其一左目已瞽，晓岚集杜诗赠二人云："片云头上黑""孤月浪中翻"。利用他人缺陷，为调笑材料，颇为无聊。唯中国文人恶习往往如此。今录晓岚事以概其余。

（三十五）

郑燮，字克柔，号板桥。兴化人。为人疏宕洒脱，以画兰竹及书法著称。兼能诗。又尝作《道情》，流传甚广。

板桥以隶书自写诗集刊行，并题卷首云："板桥诗刻止于此矣，死后如有托名翻板，将平日无聊应酬之作改窜阑入，吾必为厉鬼以击其脑。"

板桥云："昔人谓陈后主、隋炀帝作翰林，自是当家本色；燮亦谓杜牧之、温飞卿为天子，亦足破国亡家。乃有幸而为才人，不幸而有天位者，其遇不遇，不在寻常眼孔中也。"

（三十六）

恽敬，字子居，号简堂。江苏武进人。与同邑张惠言字皋文初致力于"骈文"，后乃弃而为"散文"，称为"阳湖派"，以别于"桐城派"。惠言兼工诗词，尝辑《词选》，流传甚广。

（三十七）

汪中，字容甫。江都人。诗文皆有名。相传容甫能登场讲小说，未知确否。

（三十八）

李调元，号雨村，又号童山蠢翁。四川罗江人。尝典试广东，与幕客同辑《粤风》，所采多广东民歌，颇能留意于民间文学。

（三十九）

舒位，字立人，号铁云。大兴人。王昙，字仲瞿。秀水人。孙源湘，字子潇。昭文人。三人皆以诗著称，年代比袁、赵、蒋[1]为略后，法时帆尝以三人并称为“三君”。

立人兼善制曲，有《瓶笙馆修箫谱》。仲瞿并能文，尝三上书于吴省钦请劾权臣和珅，为人所称道。子潇妻席氏，名佩兰，亦能诗，著有《长真阁稿》。

（四十）

张问陶，字仲冶，号船山。四川遂宁人。以能诗著称。或称清代蜀中诗人以船山为第一。

（四十一）

黄景仁，字汉镛，一字仲则。武进人。以能诗著称。尝与洪亮吉等十数人于采石太白楼作诗，仲则年最少，诗最先成，同人为之搁笔。

张南山尝谓“余欲选黄仲则诗、王仲瞿文合刻之，题为‘乾隆二仲’”云。

（四十二）

洪亮吉，字稚存，号北江。阳湖人。以“骈文”著称。尝作《北江诗话》，颇多名论。

《北江诗话》有一则云：“余昨过钱清镇，有闺阁诗人孙秀芬，欲执贽门下，余婉辞却之。然阅其所作中有《咏夕

① 指袁枚、赵翼、蒋士铨。

阳》一律，其颈联云：‘流水杳然去，乱山相向愁。’居然唐贤兴到之作。”按，此事可代表一时风气。当时男女界限甚严，又当袁子才广收女弟子为人指摘之后，故北江于孙女士婉辞却谢，以避嫌疑。故此事虽小，实可表现一时风气。

（四十三）

吴敬梓，字敏轩，号文木老人。安徽全椒人。移居南京。晚年客扬州。以作《儒林外史》著名。此外，尚有《文木山房集》及《诗说》等作。

（四十四）

铁保，字冶亭，号梅庵。满洲人。工书能诗，在满洲文人中，康熙时首推纳兰性德，乾隆时首推铁保。铁保有《梅庵集》，又尝辑满洲蒙古人诗，名《熙朝雅颂集》至乾隆六十年止。搜罗甚富。

（四十五）

法式善，字开文，号时帆。原名运昌，后改今名。蒙古人。乾嘉时以能诗著称。性情淡泊，故诗品在王、孟[①]之间。所著有《存素堂集》。清代蒙古文人以时帆为最著。

---

① 指王维、孟浩然。

（四十六）

黎简，字简民，号二樵。张景芳，字燦夫，号药房。黄丹书，字虚舟。三人皆顺德人。吕坚，字介卿，号石帆。番禺人。以上四人皆广东诗人，于“岭南三大家”之后并称为“岭南四大家”。

（四十七）

魏源，字默深。邵阳人。论文以实用为主，为清末文坛风气转变的枢纽。

（四十八）

龚自珍，字璱人，号定盦。仁和人。论者谓“定盦诗文皆有剑拔弩张之慨，尽是霸气”。此言甚是。因道光、咸丰以来，海内多故，已非太平景象，文学当然要随时代而发生变化，默深文及定盦诗文皆为乱世文学的预兆。清末文坛剧变，魏、龚早开其端。

定盦有子，名孝拱，学问渊博，而性情极乖张。别号甚多，不可悉数。最奇的自号为半伦。谓君臣、父子、夫妇、兄弟、朋友为五伦，今五伦中一伦没有，只有一爱妾，故称为半伦云。

又尝改定盦文，骂为不通。时定盦已死，设木主于座右，每改一句，以小棒击木主一下。其行事大抵如此。后竟以发狂死。定盦逸事也甚多，但不能更奇于孝拱，今不备载。王韬有《记龚蒋两君事》一文，蒋为蒋敦复，龚即龚孝拱，言孝拱事甚详。

（四十九）

曾国藩，号涤生。湖南湘乡人。以平洪秀全有功于清室，功业文章盖一世，而论文独推姚先生。故“桐城文”于姬传后本已渐渐衰落，至此又为之一振。

涤生选《经史百家杂钞》及《十八家诗钞》皆甚佳。《经史百家杂钞》分类虽本于姚姬传的《古文辞类纂》，但比《类纂》更精密，在当时颇为难得。

（五十）

黎庶昌，字莼斋。贵州遵义人。清末出使日本，从日本取回中国佚书甚多。其时长沙王先谦有《续古文辞类纂》，为继姬传《类纂》而作，莼斋也有《续古文辞类纂》之选，三书可以并行。

（五十一）

吴汝纶，字挚甫。桐城人。尝为京师大学堂今北平大学总教习。为“桐城文”最后期之领袖。

（五十二）

黄遵宪，字公度。广东嘉应人。光绪时尝出使日本，又尝为美国旧金山总领事。著有《日本国志》《日本杂事论》《人镜庐诗草》等书。

《人镜庐》诗能以新思想融化入诗中，以《今别离》及《以莲菊桃杂供一瓶作歌》等为最著。又尝云："我手写我口，古岂能拘牵。"

（五十三）

陈三立，字伯严，号散原。江西义宁人。清末与谭嗣同字复生、吴保初字彦复、丁惠康字叔雅并称为"四公子"，而散原诗尤著名。

（五十四）

郑孝胥，号海藏。福建闽县人。善为诗，并工书法。

（五十五）

王闿运，字壬秋，号湘绮。湖南长沙人。为诗文模仿汉、魏、六朝，时人称为"假古董"。又为《湘军志》，记曾国藩、左宗棠用兵事，或亦讥为"曲笔"。

（五十六）

康有为，号长素。广东南海人。清光绪二十四年，首创变法，为西后所阻，逃往外国，因周游世界，民国成立后才归国。两次谋复辟，皆失败。所著《新学伪经考》《孔子改制考》，极有价值。诗文亦负盛名。

（五十七）

梁启超，字卓如，号任公。广东新会人。为康有为弟子。变法失败后，逃往日本，创办《新民丛报》，善为通俗文，人人能解。民国成立后回国，屡任要职，著书极多。

（五十八）

严复，字又陵，又字几道。福建侯官人。西洋留学生。归国后译《天演论》《原富》等书数种。又尝著《英文汉诂》。诗文亦颇有名。

（五十九）

林纾，字琴南，号畏庐。福建侯官人。为文宗"桐城"。译西洋小说二百余种。晚年兼工画，以译书鬻画自给。

畏庐所译小说以《巴黎茶花女遗事》为最早，署名冷红生。《畏庐文集》中《冷红生传》，自述少年时事甚详。

（六十）

辜汤生，字鸿铭，铭又作冥。福建人。西洋留学生。能通数国文字，汉文亦甚精深。尝为上海南洋公学今交通大学教习。辛亥革命军起，极力反对，又尝称西后之才可比英国女王维多利亚云云。入民国后，居北平，曾为北平大学教授。始终不肯剪发。时女子多喜着时装，鸿铭极不以为然。

尝有诗云："千古伤明妃，都因夏变夷。如何汉臣女，亦欲做胡姬。"其言论乖僻如此。

鸿铭又自称为"东南西北人"。谓生于南方，居于北方，学于西方，娶于东方。其妻为日本人，故云娶于东方。

鸿铭汉文著作有《读易草堂文集》内外篇共一册，为罗振玉刊。

（六十一）

樊增祥，字嘉父，号樊山。湖北恩施人。诗在中晚唐之间，于清末颇盛名，然不如苏龛，散文原能自成一家。

（六十二）

易顺鼎，字实甫，号哭庵。湖南汉寿人。为诗极放荡不拘，僻典俗事，无不供其使用，为一般人所喜读。

哭庵入民国后，尝自言其姓名为革命预兆。"易"为"改易"，"顺"为"顺治"，"易顺鼎"即"易顺治之鼎"云云。又尝言善哭，故号哭庵云。又自言为张梦晋后身。梦晋名灵，与唐伯虎同时。哭庵言论诡怪，大概如此。

（六十三）

章炳麟，号太炎。浙江余杭人。清末鼓吹革命，为清室所忌，避居日本，改名章绛。为文喜用古文奇字，人往往不识。

附录

历代文学变迁大势目录

（六）民歌的采集

（七）小说的流行

（八）文人诗的变迁及陶渊明的特出

（九）文学论文及文学批评的产生

四、唐代文学变迁的大势

（一）文人诗发展到极高限度及其派别

（二）民歌的新发现

（三）“乐府”的变迁

（四）词的萌芽

（五）“传奇”的创作

（六）“歌舞戏”的流行

（七）“散文”的变迁

（八）通俗文学的流行

（九）外国音乐、戏剧及传说的输入

（十）中国文学对高丽、日本的输出

五、宋代文学变迁的大势

（一）词的发展及其变迁

（二）“评话”的发达

（三）“散文”的变迁及其派别

（四）文人诗的变迁及其派别

（五）戏曲的变迁

（六）满洲、蒙古文人的中国化

（七）中国文学对日本、高丽及安南的输出

（八）西洋文学的输入

（九）中国文学对西洋的输出

本书自第三章以下，至第十章，每章各分为二部：一为文学变迁的大势，二为文学的特点。文学变迁大势，各有细目，今把它列在卷首[①]，以便一览。至于特点的细目，比较的太琐碎了；十一章以下，作者故事的细目，也太琐碎；因不复录。作者自记。

---

① “历代文学变迁大势目录”初版原在卷首，今以附录呈现。

图书在版编目（CIP）数据

中国文学小史 / 胡怀琛著 . -- 北京 : 中国经济出版社 , 2024. 10. -- ISBN 978-7-5136-7886-5

Ⅰ . I209

中国国家版本馆 CIP 数据核字第 2024WX6111 号

策划编辑　龚风光　王　絮　杨　祎
特邀策划　蓝色城 · 姚念强
责任编辑　杨　祎
责任印制　马小宾
封面设计　极宇林 · 静　颐

出版发行　中国经济出版社
印 刷 者　河北鑫玉鸿程印刷有限公司
经 销 者　各地新华书店
开　　本　880mm × 1230mm　1/32
印　　张　11
字　　数　177 千字
版　　次　2024 年 10 月第 1 版
印　　次　2024 年 10 月第 1 次
定　　价　59.80 元
广告经营许可证　京西工商广字第 8179 号

中国经济出版社　**网址** www.economyph.com　**社址** 北京市东城区安定门外大街 58 号　**邮编** 100011